버릴 줄 아는 용기

푸른사상
산문선

27

버릴 줄 아는
용기

한덕수 산문집

사람은 자신의 존재를 드러내기 위해서 의식적으로든 무의식적으로든 끊임없는 노력을 하면서 사는 것 같다. 그 덕분에 세상은 더없이 바쁘고 정신없는 장소가 되기도 한다. 그래서 우리는 하고 싶은 말들이 많아도 그것을 다 표현하지 못하고 살아가며 경우에 따라서는 침묵으로 일관하기도 한다.

더욱이 자식을 바라보는 부모의 입장에서는 세상은 녹록한 곳이 아니라는 것을 너무도 잘 알고 있기 때문에 알려주고 싶거나 해주고 싶은 말들이 많을 수밖에 없다. 그나마도 자녀가 어렸을 때에는 할 말을 어느 정도 하고 살았지만 사춘기에 접어들고 성인이 되면서부터는 하지 못하는 말들이 점점 더 많아지고 함께 지내는 시간도 줄어든다. 그러다가 누군가의 일상에 변화가 생기게 되면 그 짧은 만남도 생략하고 살 수밖에 없으니 가장 가깝다는 가족도 남처럼 지낼 때가 많다. 그렇다고 언제 따로 시간을 내서 대화를 하자고 할 만큼 중요한 사안이 있는 것도 아니다 보니 그냥 일상생활 속에 묻어두고 사는 것이다.

  나 또한 가까운 사람들에게 하고 싶은 이야기가 많은 사람 중에 한 사람이다. 중요하거나 급하지 않은 말들은 몇 년 전부터 운도 떼보지 못한 채 미수꾸리해서 던져놓은 이야기보따리가 여러 개 있다. 그렇게 말로는 다하지 못했던 이야기들을 글로는 표현할 수가 있었기 때문에 사소한 이야기가 됐든 잔소리나 넋두리가 됐든 한 줄 한 줄 적어놓았다. 정작 글을 정리하다 보니까 마치 산나물 뜯으러 갔다가 심 본 것처럼 내 안에서 함께 살고 있었지만 미처 발견하지 못했던 나의 묵은 감정들과 만나면서 나 자신을 되돌아볼 수 있는 좋은 기회가 된 것 같다. 그래서 내가 더 많은 위안을 받았고 잠시나마 잊고 있었던 소중한 사람들을 향한 고마운 마음도 새롭게 되새겨볼 수 있었다.

2019년 가을
한덕수

2 소처럼 느린 걸음으로

차례

3 인생 여정

4 한번은 덥고 한번은 춥고

5 아름다운 별 지구

1

여명을 바라보며

여명을 바라보며

희미하게 날이 밝으면서 소리 없이 나타나는 희망의 빛이 가끔씩 새벽 단잠을 깨우곤 한다. 오늘도 여명이 찾아오는 이 새벽 시간을 할애하여 집중의 시간을 갖는다. 짧지 않은 세월을 살아오면서도 부귀영화만 좋은 것인 줄 알았지 지금처럼 고요하면서도 힘찬 걸음으로 다가오는 여명이 이렇게 아름다울 줄은 몰랐다. 등잔 밑이 어둡다고 했듯이 언제나 내 곁에 가까이 있었다는 것을 알지 못하고 어리석은 현대인으로 살아왔기에 오늘은 저만치 밝아오는 여명을 향하여 소리 높여 나를 불러본다.

우리는 스스로 비교하며 옭아맨 고정관념 때문에 자신을 방치하듯 잊어버리고 다른 사람들을 닮아가려고만 애쓰는 것 같다. 나는 지금도 살아 있는데 이제는 내가 타인을 닮았기에 나를 알아보지 못하는 것 같아서 어떨 때는 나 스스로에게 미안하기까지 하다. 모든 동물이나 인간의 눈은 오로지 바깥으로만 볼 수 있게 되어 있지만 핸드폰으로 셀프 촬영을 하듯이 나 자신도 가끔씩 볼 수 있다면 참으로 좋겠다는 생각을 해본다. 비록 작은 일들을 하면서도 나를 보고 바깥세상을 함께 보았더라면 세상을 더욱 폭넓게 이해하였을 것이다.

　사라져간 모든 것들이 되돌아올 수 없다는 것을 알기 때문에 과거를 되돌려보자는 생각은 아니다. 단지 나를 보지 못해서 내가 없었던 날들이 쌓이고 쌓여서 무덤을 만들었지만 지금은 그 속에서 깨어나는 희열을 느끼고 있는 것이니 오히려 고마운 일이다. 최소한 오늘처럼 여명이 밝아오는 새벽에는 세상 밖에서건 내 안에서건 간섭받을 일도 없고 자책하거나 고민하면서 속 썩을 일도 없으니 얼마나 좋은 시간인지 모르겠다.

　홀로 맞이하는 여명이 이토록 기쁘고 눈물겹도록 아름다우며 내 안에는 또 다른 내가 있음을 알았으니 이제 나는 어디까지나 혼자가 아니다. 레오나르도 다 빈치는 "만일 네가 혼자 있다면 너는 완전히 네 것이다. 하지만 친구와 같이 있을 경우 너는 절반의 너다."라고 했다. 아무도 없이 홀로 맞이하는 이 새벽에 그동안 잘 모르고 지냈던 완전한 나를 볼 수 있으니 반갑기 그지없다.

　우리는 나무와 풀은 물론 온갖 보물을 가지고도 겸손을 잃지 않는 산이 좋아서 일부러 시간을 내서 힘들게 찾아간다. 그리고 사람이 만들어놓은 한 폭의 풍경화 같은 공원에 앉아서 넋을 잃고 허공을 바라보기도 하고 냇가의 수변길이 좋아서 걸음을 옮겨보기도 했지만 내 마음 한구석에도 넓고 한적한 자리가 있는 줄은 미처 몰랐다. "내 방을 드나드는 것은 맑은 바람뿐이요, 나와 마주 앉아 대작하는 이는 밝은 달뿐이다. 누구와 함께 자리를 같이하랴." 사언혜라는 옛 선비가 「하씨어림」에 남긴 말이다. 그는 사람 셋이 넘으면 시끄러워서 차를 마시지 않았다고 한다. 그것을 증명이라도 하듯이 사후 그의 단칸방에는 찻잔이 딱 세 개 있었다고 한다.

욕망이 넘쳐나는 이 세상에서 돈이나 명예를 바라보는 것이 현실적일 수 있을지 모르겠지만 자연을 벗 삼아 자신을 바라보며 살 수 있는 시간이 길면 길수록 행복도 넓고 심오해진다. 간사하고 음흉한 사람은 자신의 낯빛을 꾸미느라고 애처로울 정도로 애를 쓰지만 그들의 말을 듣고 그들의 눈을 들여다보면 마치 주머니 속에 감추어둔 송곳이 슬쩍 삐져나온 것처럼 속셈이 보인다. 또한 속내를 꽁꽁 숨긴 것 같아도 앞뒤 정황을 살펴보면 마치 훅 불면 가라앉은 먼지만 날아가듯이 실체가 드러난다.

나 또한 별로 다르지 않아서 아무 때나 눈을 지그시 감고 10분이나 20분 혹은 한 시간을 멍하니 있어보면 가끔씩 내가 보일 때가 있다. 인도의 철학자 크리슈나무르티는 "자기 자신을 알고자 한다면 스스로 조용히 지켜보라. 자신의 걸음걸이, 먹는 태도, 말씨, 잡담, 미움과 시샘 등을 자세히 살펴보라."고 말했다. 내가 나를 본다는 것은 결코 시야가 좁거나 견해가 얕은 것이 아니다. 그 속에는 넓은 세상을 볼 수 있는 망원경이 있기 때문이다.

유명한 화가의 혼을 담은 멋진 그림보다는 아무것도 없는 백지가 아름다워 보일 때가 있다. 태초부터 손때 묻지 않은 자연 그대로의 강산이 그렇고 해와 달과 그리고 밤하늘에서 빛나는 수많은 별들이 그렇다. 어떻게 보면 그들은 아무렇게나 자기들 편안한 대로 널브

러져 있는 것처럼 보이기도 하지만 해와 달이 뜨고 지고 꽃이 피고 지고 단풍이 들어 떨어지는 것에도 순서가 있고 질서가 있다. 그리고 각자의 자기 자리가 있으며 하나같이 때를 안다.

때를 안다는 것은 시간 그 이상을 의미한다. 언제나 한결같은 그 모습을 바라보고 있노라면 감탄사가 멈추지 않고 흘러나온다. 어리석은 인간의 눈으로 볼 때는 언제나 보이고 늘 나타나니까 별 볼일 없는 존재로 인식되어 하찮게 보일 수도 있다. 또한 말을 하지 못한다고 우습게 여길지도 모르겠지만 하늘과 땅 그리고 그 속에 잠재되어 있는 무수한 자원과 생명들을 보라. 인간이 귀하게 여기는 돈의 가치로는 가늠도 할 수 없는 것들이다. 그것이 바로 내 안에 있는 또 하나의 나와 같은 것이다. 결국 대자연과 하나가 되지 않고서는 마치 닭장에 있는 닭처럼 살아도 일부만 살아 있는 것이며 부유하다고 해도 막상 드러내놓고 보면 별 볼일 없는 것과 같다.

「마태복음」은 "마음이 가난한 사람은 행복하다. 하늘나라가 그들의 것이다."라고 가르친다. 여기서 가난하다는 것은 빈곤을 뜻하는 것이 아니라 재물도 명예도 하물며 그 어떤 생명도 가지려고 하지 않는다는 것이다. 그래서 텅 빈 하늘처럼 되었으니 결국은 하늘처럼 모두를 포용한다는 것이다. 석유는 얼마고 금은 한 돈에 얼마 하며 아파트는 한 평에 얼마고 땅은 한 평에 얼마라는 가치에 사람들은 목숨을 걸고 덤벼든다. 그쯤 되니 하느님의 눈으로 보았을 때에는 참된 존재의 가치를 모르며 삼류 드라마나 만드는 우스꽝스러운 인간인 것이다.

『금강경』은 "사물이나 현상은 모두가 허망한 것이니, 현상과 본질을 함께 볼 수 있어야 실상을 바로 볼 수 있다."고 가르친다. 하늘과 땅은 영원한데 그 사이를 잠시 비집고 나타났다가 먼지처럼 사라지는 티끌 같은 인간이 무슨 할 말이 있겠는가. 우리가 추구해야 할 진정한 가치들은 제쳐두고 허상만 쫓아다니고 있는 것이다. 그러니 오늘부터는 밥 대신 말을 먹고 살아야겠다. 말이라도 덜 내뱉어야 그나마 작은 허물이라도 덜 짓지 않겠는가 싶다. 오늘 아침 여명을 마주하니 이 한 몸의 치부가 모두 드러나는 것 같아서 오히려 부끄럽다.

사랑

사랑은 단어 자체로도 왠지 가슴 설레게 만들지만 사랑을 하는 사람도 심지어는 곁에서 바라보는 사람들까지도 아름답게 만드는 마법 같은 존재인 것 같다. 세상을 맑고 환하게 밝혀주고 있으니 제 아무리 아름다운 꽃이라고 해도 사랑에 견주기는 어려울 것 같다. 꽃은 길어봐야 며칠이지만 사랑은 생이 다하는 날까지 피어날 수 있으니 어찌 보면 비교의 대상이 될 수도 없다.

그러나 처음에는 영원할 것 같은 사랑도 한나절 만에 피었다가 시들어버리는 나팔꽃보다도 못한 경우도 많이 있는 것 같다. 그것은 지속가능한 매개체나 매력이 없어서 그럴 수도 있고 또 다른 대상이 나타났기 때문에 그럴 수도 있다. 심지어는 사랑하는 대상을 자신의 소유물로 착각하고 매사에 간섭했기 때문에 어긋나서 그럴 수도 있다. 왜냐하면 간섭하기를 좋아하는 사람은 많아도 간섭받기를 좋아하는 사람은 별로 없기 때문이다. 애초부터 사람은 자유로운 영혼을 가지고 세상에 나왔기 때문에 지배당하는 것을 좋아하는 사람은 아무도 없을 것이다.

　사랑은 누군가로부터 애틋한 관심의 대상이었을 때 좋은 것이지 그 관심이 지나치게 되면 집착을 하게 되고 결국 그 집착은 간섭이 될 수 있기 때문에 사랑에도 절제라는 고도의 기술이 필요한 것 같다. 노벨문학상을 수상한 아일랜드의 시인 예이츠는 "술은 입으로 들고 사랑은 눈으로 들라."고 말했다. 사랑은 소유물이 아니기 때문에 가지려 하지 말고 관심을 가지고 그냥 바라보는 것으로 만족하라는 뜻이다. 사랑은 우리의 삶에 기쁨과 희열을 주는 것만으로도 충분하기 때문이다. 꽃이 예쁘다고 꺾어서 방 안으로 가져오면 안 되는 것처럼 사랑하는 사람이 자신의 생각대로 되어주기를 바라는 것도 일종의 간섭이다.

　그렇게 간섭하는 것이 습관이 된 사람들의 공통점은 대상을 속박하거나 구속하려고 하는 습성이 있다는 것이다. 양손을 결박하거나 교도소처럼 제한된 공간에 감금하는 것만이 구속이 아니다. 생각하고 행동하는 데 조건을 달거나 제한을 두는 것도 일종의 구속이다. 또한 상대방의 시간이나 공간을 제한하는 것도 간섭보다는 구속에 가깝다고 볼 수 있다. 혹자는 이러한 행위들에 대해서 아름다운 구속이라고 변명에 가까운 말로 당위성을 부여할 수도 있을지 모르겠지만 그런 사람이 있다면 역지사지로 생각해보아야 할 것이다.

　결국 대상을 간섭하거나 강제하거나 구속하려는 사람들은 사회적으로 인정을 받지 못하거나 애정이 결핍된 사람일 수도 있다. 혹은 자기우월감에 빠져 있는 사람일 수도 있겠지만 대부분은 상대방을 지켜낼 자신이 없는 사람들이 그런 행동을 서슴없이 하는 것 같다. 레바논의 대표 작가 칼릴 지브란은 "서로 사랑하되 사랑으로 얽매이지 말게, 마치 한 가락에 울리는 거문고 줄이지만 그 자리는 따로 있네."라고 말했다. 그렇듯 같은 삶을 꿈꾸며 동고동락을 한다고 해도 각자의 존재와 서로의 가치를 인정해주어야 한다. 그러면서 힘들고 지칠 때에는 함께 어울려 가는 것이다.

잠시 부는 거센 태풍보다는 하루 종일 소리 없이 스치듯 스며오는 솔바람이 알맞아서 좋다. 비가 내릴 때에만 잠시 넘쳐나는 계곡물보다는 수량이 적은 듯해도 끊임없이 흐르는 맑은 계곡물이 운치를 느끼기에도 좋고 마시기에도 적당하다. 서로 자라난 환경도 다르고 성별도 다른 남녀가 만나서 한 가정을 이루는 결혼 생활이 그래야 하고 인생이라는 긴 여행길에서의 모든 만남도 그래야 한다. 수없는 만남과 헤어짐의 연속인 우리네 인생살이가 그렇게 흘러가야 덜 피곤하고 안정감도 있을 것이며 그 속에서 소소한 행복도 맛볼 수 있을 것 같다.

서로의 가치관이나 추구하는 이상이 마음속 깊은 곳에서 교감하여 성사된 만남이라야 지속가능한 것은 너무도 당연한 것이다. 한때의 미모 같은 외형에 집착해서 또는 어떤 조건을 보고 결혼을 선택한다면 백년해로는 꿈같은 이야기가 될 것이며 설령 함께 산다고 해도 갈등이 끊이지 않을 것이다. 결국 평생 막장드라마 한 편을 찍는 우를 범할 수 있는 것이다. 그래서 생텍쥐페리는 "사랑하는 사람은 서로 얼굴을 쳐다보는 게 아니라, 같은 방향을 바라보는 것이다."라고 말했다.

누구나 나이 먹으면 늙고 볼품도 없어질 텐데 생김새만 바라보고 살 수는 없는 노릇이다. 돈이라는 것도 어느 한순간에 추풍낙엽처럼 날아갈지 모르고 권력도 생물과 같은 것이어서 앞날을 보장할 수 없다. 서로 추구하는 바가 다른데 어떻게 목표가 같을 수 있겠는가. 서로간의 마음이 진정성 있게 통할 때 사랑의 싹이 트고 더 베풀려는 마음이 일어날 때 사랑의 꽃이 피며 서로 배려하는 마음이 무르익을 때 비로소 사랑의 열매가 자연스럽게 맺어지는 것이다.

그러므로 사랑하는 대상을 소유물로 착각하는 그릇된 생각으로 간섭하거나 구속하지 말아야 한다. 어떠한 경우에도 사람이 사람을 소유할 수는 없으니 그럴수록 점점 더 멀어질 뿐이다. 사랑하는 사람이 행복할 수 있을 때 나도 행복할 수 있는 것이다. 또한 일상생활에서 아주 작거나 사소한 것일지라도 받을 때보다는 줄 수 있을 때 보람도 있고 행복지수도 높아진다. 살 만큼 살다가 돌아가는 그날까지 사랑할 수 있는 사람이 곁에 있음을 감사하게 생각하면서 그윽하게 바라보고 아름답게 사랑해보자.

얼어 죽을 것인가 스키를 탈 것인가

아지랑이가 피어오르듯 문득 떠오르는 한 생각이 평범한 어느 하루를 살짝 바꾸어놓는 날이 있다. 그 하루는 결국 한 시절을 바꾸고 그런 한 시절은 한 사람의 평생을 바꾸어놓기도 한다. 올바른 한 생각이 일어나서 역사에 길이 남아 존경을 받는 위인들도 많지만 그릇된 한 생각의 결과물로 인하여 역사에 나쁜 사람의 대명사로 남아 있는 사람도 많다. 도전하는 한 생각이 삼성과 같은 기업을 만들었고 창의적인 한 생각이 제2의 롯데월드처럼 129층의 건축물을 세우기도 했지만 탐욕스런 한 생각은 세월호 참사와 같은 비극을 낳기도 했다.

생각은 행동의 전 단계이기 때문에 동기를 유발하고 때로는 나침판과 같은 역할을 하기도 하며 어떤 때에는 설계도와 같이 자신의 인생에 없어서는 안 되는 중요한 존재가 되기도 한다. 또한 모든 행동의 근거지인 출발점이 되기 때문에 어떤 일의 승패를 좌우함은 물론 선한 행위로 인도할 수도 있고 그릇된 행위로 인도할 수도 있다.

어두운 한 생각은 잠시의 잘못된 탐욕이나 화를 참지 못할 때 일어나서 돌이킬 수 없는 잘못을 저지르고 평생을 후회하며 살게 만들기도 한다. 밝은 한 생각은 올바른 상상이나 선한 마음을 갑자기 일으켜서 자기 자신과 주변 사람들은 물론 함께 사는 사회에 공헌하며 보람된 삶의 기반을 만들어주기도 한다.

동물들은 먹이나 짝을 차지하려고 할 때에만 목숨을 걸고 싸울 뿐 그 이상의 일에는 욕심은 물론 관심조차도 없다. 그래서 그들은 수천 수만 년의 긴 시간을 인류와 함께 공존해오면서도 진보는커녕 늘 그대로 답보하며 같은 삶을 반복하고 있는 것이다. 생각할 수 없기 때문에 도구를 사용하지도 못하고 지혜를 축적하지 못할뿐더러 다음 세대에 전달하지도 못한다.

그러나 인간은 오늘 점심은 무엇을 먹을까 하는 작은 생각에서부터 오늘 사표를 낼까 말까 하는 용기가 필요한 생각에 이르기까지 평범한 하루에도 수많은 생각을 하면서 산다. 인간은 그런 생각의 결과물들을 문명의 유적이나 문서를 통하여 축적하고 보존하며 세대를 이어왔고 그것들을 전수하고 활용했다. 그래서 인류는 눈부신 발전을 거듭해왔으며 앞으로도 그럴 것이다.

기나긴 세대를 이어오면서 축적된 지식과 지혜를 습득하고 제대로 이해한 사람들이 거기에 또 한 생각을 보태서 새로운 역사를 써가며 진일보한 업적을 남기고 있다. 물론 한 생각을 내는 데는 지혜뿐만이 아니라 전문적인 지식과 다양한 경험이 필요하고 훌륭한 스승이나 부모의 가르침이 필요하며 친구나 주변 사람들의 도움도 받아야 할 것이다. 그러나 그렇게 많이 필요한 요인들이 어느 날 갑자기 하늘에서 뚝 하고 떨어지는 것도 아니고 태어나면서 가지고 나오는 것도 아니다. 그것은 수천 년 동안 쓰이고 읽히면서 정제되고 축적되어 내려온 책 속에 있는 것이다.

그래서 장자는 "사람이 배우지 않음은 아무런 재주 없이 하늘에 오르려는 것과 같다. 배워서 지혜가 깊어짐은 상서로운 구름을 헤치고 푸른 하늘을 바라보는 것과 같고, 높은 산에 올라가 온 세상을 내려다보는 것과 같다."고 하였다. 자신의 인생을 가치 있게 만들고 세상을 바꿀 만한 한 생각을 내기 위해서는 배우고 깨닫기를 수없이 반복해야만 비로소 하나씩 하나씩 얻어지기 시작한다는 것이다.

순자는 "멈추지 않고 새기면 쇠와 바위도 조각할 수 있다."고 말했다. 그렇기 때문에 끊임없는 노력 앞에 버티고 서서 방해할 수 있는 것은 별로 없다. 물 흐르듯 평범한 인생을 살아온 사람도 긴 세월이 흐른 뒤에 자신이 살아온 발자취를 되돌아보면 삶이 결코 평탄하지 않았다고 생각할 것이다. 왜냐하면 삶의 고비고비마다 나름대로 한 생각을 하면서 발버둥치고 살아왔기 때문일 것이다. 또한 남들이 어떤 평가를 해주든 상관없이 자신에게 주어진 인생의 무대에서 주연이 되었든 조연이 되었든 최선을 다하고 살아왔기 때문일 것이다.

오늘 저녁 석양을 바라보다가 문득 고향에 계신 부모님이 생각나서 전화라도 한번 걸어드린다면 그것은 작지만 아름다운 한 생각을 일으킨 것이다. 모두가 애플을 창업하려고 한다면 애플은 누가 다니겠는가. 그러니 무대 위의 배우들에게도 각자의 역할이 있듯이 이 세상에서 나의 역할은 무엇인지 고민해보는 것도 지혜로운 모습이라고 생각한다. 나와 다른 사람을 비교하고 관찰하다 보면 나 자신의 모습이 더욱더 뚜렷하게 구분되어 보일 것이기 때문이다. 세상의 모든 사람들이 큰 꿈만 품고 위대한 일만을 하기 위해서 자신에게 주어진 시간들을 마냥 허비한다면 그것은 자신의 인생을 버리는 것과 같다.

우리가 하루에도 몇 번씩 실행할 수 있는 일들은 단풍이 물드는 가을철에 낙엽 찾듯이 일상에 수없이 널브러져 있다. 인류가 세대를 이어가면서 발전을 거듭하듯이 당장은 비록 작고 미미하더라도 가치 있는 생각들이 반복되고 실현될 때 비로소 큰 생각도 일으킬 수가 있는 것이다. 그러나 조금 비관적으로 인생을 생각하고 조금 삐딱하게 세상을 바라보는 사람들은 삶은 그저 무지개처럼 허무한 꿈을 쫓다 마는 것이라고 말할 수도 있다. 하지만 자기에게 주어진 세대의 배턴을 꽉 움켜쥐고 자신의 구간을 온전하게 달린 후에 다음 세대에게 그 배턴을 넘겨주는 것만으로도 삶의 가치는 충분히 있다고 생각한다.

당신의 삶에도 겨울이 찾아올 수 있다. 하지만 어떤 사람은 얼어 죽고 어떤 사람은 스키를 탄다는 말이 있다. 어떤 기준으로 세상을 바라보며 어떤 생각을 가지고 행동하느냐에 따라서 그 결과의 차이는 상상 이상으로 크다. 한 생각은 모두가 같은 자리에서 나와서 출발했지만 결과라는 도착지점은 너무나도 다르기 때문이다.

비싼 시계

사람이 머무는 공간에는 용도나 취향에 따라서 필요로 하는 물건들이 참으로 많다. 그중에서도 시계만큼은 디자인과 크기만 다를 뿐 집 안이든 집 밖이든 가는 곳마다 걸려 있고 그것도 부족해서 손에 하나씩 차고 있다. 그래서 친한 친구나 애틋한 연인 사이라도 이보다 더 가까울 수 없으니 어찌 보면 신체의 일부와도 같다.

삶의 소용돌이에 휩쓸려 정신없이 바쁠 때에도 시계는 봐야 하고 한가롭거나 아무런 생각 없을 때에도 우리는 그를 바라다본다. 때로는 마음이 울적하거나 불편한 상태에서 바라보면 꼭 나에게 주어진 시간이 속절없이 지나가는 것 같아서 살짝 기분이 거슬릴 때도 있다.

그래서 탯줄을 끊은 곳에서부터 사연 많은 고갯길을 돌고 돌아 넘어오는 동안에도 함께 있었지만 생이 다하는 곳으로 끊임없이 재촉하는 것 같아서 가끔은 치워버리고 싶을 때도 있다. 그러나 세상을 혼자서 사는 것도 아니고 수없이 많은 관계와 관계 속에서 얽혀 살고 있으니 같은 시간을 표시해주는 시계가 꼭 필요한 물건임에는 틀림이 없는 것 같다.

내게 주어진 삶의 잔고가 바닥을 드러내도 시계는 계속 돌아가겠지만 내가 볼 수 있는 시계는 거기서 멈춘다는 것이 다만 불편할 뿐이다. 당나라 이상은의 시 중에 "봄누에는 죽어서야 실뽑기를 그치고, 밀랍은 재가 되어야 눈물이 마른다."는 구절이 있다. 세상에 죽어야만 끝나는 게 어디 봄누에의 실뽑기뿐이고 우리가 바라보는 시계 속의 시간뿐이겠는가. 세상사에는 다함이 있어서 내 시간이 멈추면 내가 즐거워하고 괴로워했던 일들도 모두 끝날 것이며 세상살이도 물레방아 멈추듯 더 이상 어지럽게 순환하지 않고 조용히 멈출 것이다.

소동파는 "그림자와 춤추며 놀아도 어찌 인간 세상만 하리오."라고 했다. 역시 이승만큼 좋은 곳은 없다고 하니 그럼 술이나 한잔하면서 한바탕 놀다나 갈까 하고 어리석은 생각을 해볼 수도 있겠지만 역시 부질없는 짓이다. 노는 것도 하루 이틀이지 흥이 그리 오래가지 않기 때문이다. 아무리 어리석은 사람일지라도 소란스러움이 오래가면 고요함을 찾는 법이다. 그래서 풍류에도 시간의 다함이 있으니 그렇게 좋은 해결책은 아닌 것 같다.

비록 촛농이 질질 흐르더라도 꺼진 촛불보다는 타오르는 촛불이 어둠을 밝혀서 좋은 것처럼 눈가에 눈물이 고인다는 것은 아직도 내게는 따뜻한 숨결이 살아서 숨 쉬고 있다는 방증인 것이다.

하찮은 벌레의 죽음을 보고도 애잔함을 느끼고 늦가을 잎새의 흔들림을 보고도 가슴이 일렁이는 것은 생명의 소중함을 알고 그것이 다하는 시간을 또한 알기 때문이다.

주자는 "짧은 한순간도 가볍게 여기지 마라."고 했다. 주자가 살던 시대는 시계가 없었던 800년 전이었지만 시간의 소중함에 대하여 가르침을 준다. 하물며 아주 정교하게 만들어진 시계를 가지고 시침 분침 초침까지도 정확하게 볼 수 있는 우리가 시간을 소홀히 하는 것은 자기 인생의 관리자인 동시에 책임자로서 직무를 유기하는 것에 해당되는 것이다.

사람이 시곗바늘을 이겨보려고 온갖 잔꾀를 부리는 것도 쓸데없는 짓이다. 그럴 시간이 있으면 마지막 잎새가 떨어질 때까지 방치하지 말고 하나 남은 단풍잎이라도 그려놓아야 한다. 그래야 겨울에도 볼 수 있고 그다음에 오는 사람에게도 보여줄 수가 있다. 그것이 시침을 놓쳤을 때 분침이나 초침이라도 잡아보려고 하는 올바른 자세라고 생각한다. 그런 연습이 충분히 있어야만 다시 시간이 주어졌을 때 꽃도 그리고 초록도 그릴 수 있을 것이다. 시간을 지배하는 자가 세상을 정복한다는 말이 있듯이 아름답고 풍요로운 이 세상은 시간에 끌려가지 않고 시간을 지배하는 자의 것이다.

요즘 시중에는 몇백만 원을 넘어서 몇억 소리 나오는 소위 명품 시계가 드물지 않게 있다고 한다. 그러나 시계 속에 있는 시간을 지배하지 못한다면 고철 덩어리를 차고 있는 것에 불과하다. 길거리

요용을 파괴하라

에서 파는 만 원짜리 시계를 차고 있더라도 그 속에 있는 시간을 지
배할 수 있다면 그 값어치는 몇억을 넘어 상상을 초월할 수도 있기
때문이다.

비교하고 비교되고

사람은 자신에게 주어진 삶이 다하는 순간까지 붙잡고 놓지 않으며 생각하는 것들이 몇 가지 있는데 그중에서도 온갖 사물과 사람들을 평가하는 것이다. 어찌 보면 평가한다는 것은 비교한다는 것과 동의어가 될 수도 있다. 아무튼 우리는 포괄적으로는 좋은 것과 싫은 것에 대한 생각에서부터 시작하여 작게는 맛이 있고 없음에 대한 것이나 춥고 따뜻함에 대한 것 등 헤아릴 수 없이 많은 것들을 비교하고 평가하면서 산다.

반대로 우리는 태어나면서부터 죽을 때까지 누군가로부터 평가를 받으며 산다. 초중고등학교 다닐 때 학교 성적표가 그렇고 대학입시는 인생에서 가장 크게 평가를 받는 경우에 속한다고 볼 수 있으며 입사할 때는 물론이고 결혼하는 과정에서도 상대방으로부터 냉혹한 평가를 받는다. 그 방법으로는 상대평가와 절대평가라는 두 가지가 있지만 절대평가라는 것도 결국은 비교우위를 가려내는 방법 중에 하나일 뿐이므로 모두가 상대적인 평가라고 볼 수 있다.

그렇게 우리는 단 한순간도 예외 없이 다른 사람을 비교 평가하고 또 한편으로는 다른 사람에게 평가를 받으며 살고 있다. 어쩌면 그런 과정과 일련의 행위들이 인생의 전부라고 해도 과언이 아닌 것 같다. 그러한 일상들이 어쩌다 한 번씩 일어날 수도 있고 하루에도 몇 번씩 일어날 수도 있지만 중요한 것은 삶이 다하는 날까지 끊임없이 지속된다는 점에서 시사하는 바가 크다.

또 한 가지 확실한 것은 거기서 예외일 수 있는 사람은 단 한 사람도 없다는 것이다. 긴 것은 짧은 것이 있기에 길어 보이고 아름답다는 것은 추한 것이 존재하기 때문에 아름다워 보이는 것이며 무겁다는 것은 가벼운 것을 들어본 경험에서 비롯되는 것이다. 이렇듯 상대적인 것이 없으면 비교가 될 수 없는 것이다.

그런데 우리가 이기적인 관점에서 실수하는 것 중에 하나는 내가 다른 사람들을 비교 평가하는 것은 너무나도 당연한 자신의 권리라고 생각한다는 것이다. 눈에 보이지도 않으니 내가 표현하기 전에는 남들이 내 생각을 알 수 없다. 그래서 때로는 공개적으로 때로는 혼자서 은밀하게 비교하고 평가할 수 있으니 마치 작은 권력이라도 쥐고 있는 것 같은 착각마저 들 정도이다. 대부분의 사람들은 그런 행위를 은근히 즐기기도 하지만 유독 더 좋아하는 부류도 있다.

하지만 자기 자신이 남들에게 평가를 당한다고 생각하면 멀쩡히 있다가도 괜스레 움츠러들고 매우 불쾌하다는 생각이 든다. 나를 저울에 올려놓고 달아보는 것 같기도 하고 나를 발가벗겨놓고 바라보는 것 같아서 참을 수 없는 치욕을 느끼기도 한다.

비교는 남의 것과 나의 것을 비교할 때 더욱 확연하게 드러난다. 예를 들자면 어떤 배고픈 아이가 빵 한 조각을 받고는 매우 좋아한다. 그러나 옆에 친구가 받은 빵이 더 큰 것을 보고는 즐겁던 기분이 반감된다. 반대로 친구의 빵이 더 작았더라면 좀 으쓱해졌을 것이다. 이렇듯 비교는 삶의 만족도를 결정하는 기준이 된다.

그러나 비교한다고 해서 모두가 부정적인 면만 있는 것은 아니다. 긍정적인 면으로 보면 비교는 경쟁력을 유발시키고 동기를 부여하여 인생을 열심히 살 수 있도록 하는 촉진제와 같은 역할을 하기도 한다. 그러나 과유불급이라는 말이 있듯이 지나치게 남들과 비교를 하게 되면 자신감을 떨어트리고 삶의 의욕마저 감소시키는 결과를 양산하니 이 또한 양날의 칼과 같다.

비교하는 대상도 내가 정하는 것이지만 그로서 야기되는 결과도 나의 몫이다. 사람이라면 누구에게나 자존감이 있기 때문에 자신의 체통을 귀하게 생각하는 법이다. 자신이 나이를 계속 먹어가고 있는 만큼 자기 인생의 잔고도 바닥을 향해 가고 있는데 언제까지나 주위의 모든 것들을 비교하고 평가하며 간섭하고 비판하는 데 얼마나 많은 감정과 에너지를 낭비하고 있는지 성찰해보아야 한다. 그러니 자신에게 맞는 객관적인 기준을 정하고 그 선에서 벗어나지 않으려고 하는 굳은 마음가짐이 필요하다.

무사가 창과 방패를 가지고 전장에 임할 때 비장한 각오를 하듯이 우리는 인생이라는 큰 무대에서 나의 창끝으로 인하여 피해를 보는 사람이 생기지 않도록 잘 휘둘러야 하고 나 또한 남들의 칭찬이나 비판에 이리저리 흔들리지 않도록 방패를 잘 활용하여 슬기롭게 방어도 할 줄 알아야 한다. 그래야만 먼 훗날에 오늘을 되돌아보면서 지혜롭지는 못했어도 그나마 어리석음은 면하고 살았다고 말할 수 있을 것이다.

인생은 연습이라고 용기 있게 착각하면서

오늘은 유난히도 맑고 청명한 아침이다. 이런 날은 저절로 머리가 맑을 수밖에 없으니 몸과 마음도 따라서 개운한 게 기억이 나지 않을 만큼 오랜만에 맛보는 신선함 그 자체이다. 밤사이에 기분 좋은 꿈을 꾼 것도 아니고 오늘은 특별히 기분 좋은 일이 기다리고 있는 것도 아닌 그저 평범한 하루다. 그러나 어제 하루를 가만히 돌이켜보니 버겁고 머리 아프게 힘든 일들이 많았던 것 같다. 그 얽히고 설킨 일들이 하룻밤을 지나면서 진흙탕물에서 앙금이 가라앉듯이 정화된 것이다. 어제 10원어치만 고민했어야 하는 일들을 100원어치나 오버해서 걱정을 했더니 밤새 그 90원어치가 저절로 사라져서 개운해진 게 아닌가 하는 생각이 든다.

지난밤까지는 늘 익숙한 나만의 침대에서 단잠을 잤지만 오늘 밤부터는 예약만 되어 있는 상태이다. 그 예약이 깨지면 나는 죽어서 땅속으로 들어가거나 용광로와 같은 화덕을 한 시간 정도 거친 후

작은 항아리 안에서 영원히 좁은 잠을 잘 것이다. 그때는 얽히고설킬 것이 없으니 풀 것도 없으며 하루가 내게 주어지지 않았으니 아침도 없을 것이고 단잠에서 깨어날 일도 없을 것이다. 그래서 찌뿌듯함도 개운함도 없을 것이며 좋은 일이든 싫은 일이든 아무런 일도 생기지 않을 것이다.

다행히도 오늘은 안락한 나만의 공간에서 자고 일어날 수 있었고 개운한 기분은 덤으로 얻었으니 행복이라는 것이 보물처럼 어디에 따로 숨겨져 있는 것이 아니다. 비록 오늘 하루도 어디에서 오라는 곳은 없지만 갈 곳은 많이 있다. 그러니 내게는 크고 작거나 가치가 있고 없고를 떠나서 할 수 있는 일들이 많이 주어져 있는 것이다.

개똥밭에 굴러도 저승보다는 이승이 낫다는 속담이 있듯이 이것이 바로 살아 있는 자가 이승을 고집하는 이유이기도 하다. 지나온 하루하루 무한하게 주어진 특권을 제대로 누려보지도 못하고 무심하게 살아온 것이 조금 아쉬울 뿐이다. 언제나 목이 마를 때 마실 수 있는 물이 있고 언제나 숨 쉴 수 있는 맑은 공기가 있기 때문에 부족함 없이 행복할 수 있었다는 것을 아는 데까지 오랜 시간이 걸린 것 같다. 소중한 가치가 있는 것들을 당연한 것으로 치부하고 살았지만 그 일상의 모든 일들과 수시로 맺어진 수많은 인연들이 축복이었던 것이었다. 그래서 좋은 일과 나쁜 일이 매한가지였으며 좋은 인연과 나쁜 인연도 매한가지로 같은 것이었던 것이다. 그런 소중한 행복을 모르고 세상 탓이나 하고 남의 탓이나 하면서 대부분의 하루하루를 물 쓰듯 써버린 것이 못내 아쉬울 뿐이다.

내게 움직일 수 있는 삶의 잔고가 얼마나 남았는지는 저승사자 말고는 아무도 모른다. 그렇다고 움직임이 다하는 날만 손꼽아 헤아리며 기다릴 수는 없으니 단 하루가 남았다 할지라도 시간의 손을 꽉 붙잡고 나에게 주어진 축복된 시간들을 아름답고 보람 있는 일들로 채워가야겠다. 그러다가 지치고 힘이 드는 날에는 인생은 연습이라고 용기 있게 착각하면서 가볍게 연필로 스케치만 하면서 내게 쉼표를 주는 날도 더러는 있어야겠다.

밥값

사람이나 동물이나 생리적인 현상 측면에서는 똑같기 때문에 먹지 않고 산다는 것은 불가능하다. 그런데 요즘에는 끼니 때마다 먹는다는 것이 왠지 사치스럽다는 생각이 들어서 조금은 부담스러울 때가 있다.

이런 날에는 "하루 일하지 않으면 하루 먹지 않는다."는 철학으로 당나라 시대에 선농불교를 확립한 백장선사의 어록이 생각난다. 백장선사의 그러한 논리는 결국 불경을 변화하는 시대에 맞게 유권 해석하는 대승불교로 발전되었고 소승불교와 분리되는 계기가 되었다. 지금도 스님의 호칭 중에 '비구'라는 말이 있는데 우리말로 해석하면 '구걸해서 얻어먹고 사는 사람'이라는 뜻으로 스님들을 비하하는 호칭이다. 또한 '중'이라는 말도 조선시대에 숭유억불 정책을 펼치면서 역시나 스님들을 비하했던 호칭 중에 하나이다.

아무튼 하루를 열흘처럼 열심히 사는 사람이나 나처럼 별로 하는 일도 없는 사람이 똑같이 하루 세 끼를 챙겨 먹고 있는 것은 사치에 가깝다는 생각이 든다. 그렇다고 수행자처럼 하루에 한 끼만 먹고 사는 것도 그렇게 녹록한 일은 아니기에 차라리 세 끼니를 다 챙겨 먹으면서 일하는 것이 나을 수도 있다.

그렇지만 아무런 일도 안 하고 가만히 앉아서 세 끼를 축내고 있으니 어떻게 하면 식충이 소리를 듣지 않을 수 있을까 고민스럽다. 그래서 밥값을 하는 척이라도 해야겠는데 방법이 묘연하기에 아쉬운 대로 몇 가지를 생각해보기로 했다.

우선, 밥값이 될지는 모르겠지만 음식을 가리지 않고 골고루 적게 먹는 것이다. 그리고 여유 시간에는 공원에도 나가고 산에도 오르면서 신진대사를 원활하게 촉진시켜서 최대한 건강한 상태를 유지하는 것이다. 그렇게 해서 향후에 찾아올 수 있는 질병을 늦추거나 아예 방지해서 병원 신세를 덜 지거나 안 지는 것이다.

그렇게 건강한 삶을 영위하다가 어느 한가로운 날에 저승사자가 부르면 떼쓰지 않고 아무것도 모르는 어린아이가 소풍 가는 것처럼 기분 좋게 따라가는 것이다. 그렇게 되면 사랑하는 가족이나 가까운 지인들에게 나로 인한 걱정거리는 최소화해줄 수 있을 터이니 조금이나마 밥값에 일조는 할 수 있을 것 같다.

둘째, 양질의 독서를 통해 지식과 정보를 수집하고 습득하면서 조금이라도 더 배우고 더 깨우치는 것이다. 이러한 과정이 지속적으로 반복되어 쌓이다 보면 누군가가 판단하기 애매한 상황이나 중요한 결정을 내려야 할 때에 작으나마 정보를 제공해줄 수도 있고 경우에 따라서는 조언을 해줄 수도 있을 것이다.

"농부가 열심히 농사를 지어도 흉년이 들면 굶어 죽을 수도 있지만, 선비가 학문을 깊이 하면 그 속에서 녹이 나온다."는 말은 옛사람의 말을 내 마음대로 내게 맞게 편집한 것인데 평소에 좋아하는 문구이다.

배우며 생각하고 그것을 일상에 접목시킬 수 있다면 나 자신을 위해서도 좋은 일이지만 주변 사람들에게도 분명히 보람된 일이 될 것이다. 그리고 배운다는 것은 오랜 시간이 소요되는 일이기에 지금 당장 밥값으로는 부족할지도 모르겠지만 지속해나간다면 나중에는 분명히 가치가 있을 것이라고 생각한다.

셋째, 비록 내가 성직자는 아닐지라도 언제나 올바르게 생각하고 올바른 몸가짐과 올바른 행동을 추구하는 것이다. 그리하여 나 스스로가 타인의 모범이 되는 것이다. 그러나 이것은 매우 어려운 일이며 실현 가능성도 매우 낮다. 그렇다고 해서 시작도 해보지 않는다는 것은 나약한 인간의 한계를 드러내는 것에 불과하며 한평생의 오점으로 남길 수도 있기 때문에 하다가 안 되면 또다시 하기를 반복해서 계속 시도하는 것이다.

중국 속담에 "몸이 바르면 기운 것을 두려워하지 않는다."는 말이 있다. 올바른 뜻을 세우고 계속해서 성인의 흉내를 내다 보면 성인이 될 수는 없을지라도 현재의 나보다는 좀 더 성숙한 내가 되어 있지 않겠는가. 그러니 이 또한 당장 밥값으로는 부족할지 모르겠지만 지속적으로 시도해볼 만한 가치가 있다고 생각한다.

마지막으로, 요즘에는 부모님 모시고 산다고 하면 무슨 애국자 집안이라도 되는 것처럼 대단하게 여기는 안타까운 시대가 됐다. 나도 그렇지만 대부분이 분가해서 따로 살다 보니 시골에 계시는 부모님을 매일 찾아뵐 수도 없고 타지에 뿔뿔이 흩어져 사시는 집안 어른들을 자주 찾아뵙는다는 것도 현실적으로 쉬운 일이 아니다. 그러니 밥값 한다고 생각하고 부모님과 집안 어른들께 주기적으로 안부전화를 드리는 것이다.

전화 한 통 드린다고 해서 무슨 큰 위안이 돼드릴 수 있겠느냐고 반문할 수도 있겠지만 부모의 마음은 그런 게 아니다. 전화기를 통해서 효도를 한다거나 도리를 다하지는 못해도 말상대가 줄어든 어른들에게 안부도 묻고 세상 소식도 전하면서 빤한 얘기라도 해보자는 것이다. 그나마도 전화를 받을 수 있는 부모님이나 집안 어른이 계신다는 것만으로도 축복받고 행복한 사람이다.

이렇게 네 가지만 성실하게 수행해도 세 끼니 먹는 밥이 조금은 덜 부담스러울 것 같다는 생각이 든다.

물론 이 네 가지를 다 이행한다고 해서 밥값이 된다는 것은 절대로 아니다. 그러나 한번에 너무 많은 것들을 하려고 덤비다 보면 결국에는 한 가지도 제대로 이루지 못하고 다시 원점으로 돌아오는 일이 다반사라는 것을 우리는 경험을 통해서 잘 알고 있다. 그러니까 우선 이 정도라도 해보자는 것이다.

가보지 않은 길

　예전부터 주변의 어른들이 "나이를 먹으니 시간이 쏜살같이 간
다."고 말하는 것을 심심치 않게 들어보았을 것이다. 당연히 느낌이
그렇다는 것이겠지만 그냥 흘려듣기에는 뼈가 있는 말 같다는 생각
이 어린 나이에도 들었었다.

　우리가 경험을 통해서 잘 알고 있듯이 모르는 길을 처음 갈 때에는
걸어서 가든 자동차나 대중교통을 이용하든지 간에 실제보다 더 길
고 멀게 느껴진다. 하지만 돌아올 때에는 갈 때보다 훨씬 가깝다고
느껴지는 경험을 해보았을 것이다. 그 이유는 낯선 길을 갈 때는 뇌
에서 인지 작용이 활발하게 일어나서 길게 느껴지는 것이고 되돌아
오거나 다시 갈 때는 이미 길의 경로나 주변 환경에 어느 정도 익숙
해져서 인지 작용이 그만큼 줄어들었기 때문에 가깝게 느껴지는 것
이다.

　그렇게 길을 가는 것처럼 우리의 인생살이도 크게 다르지 않은

것 같다. 젊었을 때에는 학습을 통해서 세상을 하나씩 하나씩 알아가는 과정을 거친다. 그러면서 처음 마주치는 일에 도전하면서 새로운 경험을 하게 되므로 시간이 더디 가는 것처럼 느껴진다. 그러나 세상일에 대한 학습이 어느 정도 완성이 되어가고 익숙해지는 중년기에 접어들면서부터는 새롭게 도전하는 일이 줄어들면서 반복되는 경험을 하게 된다. 그래서 다녀본 길을 다시 가는 것처럼 시간이 빨리 가는 것으로 착각을 하는 것이다.

생물학적으로 보면 뇌의 신경 호르몬이라고 하는 도파민의 분비량이 나이가 드는 것에 비례하여 감소한다고 한다. 그래서 새로운 자극에 대한 흥분이나 민감도가 떨어지므로 시간이 빨리 간다고 느껴지는 것이다. 우리가 아무런 생각 없이 있다가 문득 시계를 본 다음에서야 시간이 저만치 가 있는 것을 알고 놀라는 것도 그 때문이다. 그래서 굳이 새롭게 기억할 것도 없고 긴장할 것도 별로 없는 삶은 결국 죽은 것이나 마찬가지인 것이다. 그래서 컬럼비아대학 총장을 지냈던 버틀러는 "30세에 죽고 60세에 묻힌다."고 했다. 그러니 어떤 일이 되었든 무슨 행위가 되었든지 간에 새롭게 기억할 것을 자꾸 만들고 몸을 움직여서 살아 있음을 증명해야 산목숨인 것이다.

예를 들어보자면 전혀 다른 직업이나 취미를 가져보든지 아니면 아주 생소한 곳으로 여행을 해보는 것도 좋고 다양한 분야에 대한 독서를 통해서 간접적인 경험을 해보는 것도 좋다. 무엇이 되었든 간에 새롭게 집중할 만한 호기심을 발견하고 그 새로운 자극에 스스로 내던지듯이 노출시켜서 새로운 경험을 해야 한다. 그것만이 잠들어가는 나를 계속 깨우면서 남은 시간을 풍요롭게 가꾸어나갈 수 있는 유일한 길이라고 생각한다. 그까짓 잠이야 죽어서 실컷 자면 그만이다. 쓸데없는 일로 시간을 소비하는 것도 묵은 잠을 자는 것과 다르지 않으며 필요 이상의 숙면을 취하는 것도 죽은 시간을 보내는 것이나 마찬가지이다.

　나이를 먹는 것도 서러운데 죽어가는 나이를 앉아서 세고 있는 것은 참으로 많이 어리석은 짓이다. 또한 늙어가는 자신을 거울 속에서 우연히 발견하고는 멍하니 바라보는 것도 처량스러운 일 중에 하나이다. 차라리 이승과의 이별 연습이라도 하듯이 가끔은 훌훌 털고 자연 속으로 들어가서 솔바람 소리에 흠뻑 취해도 보고 흐르는 계곡물소리에 귀도 씻으며 뭉게뭉게 피어오르는 구름 속에 자신의 마음을 맡겨보는 것도 괜찮을 것 같다.

　괴테는 "인간은 자연과 멀어질수록 병과 가까워진다."고 말하였다. 그러니 언젠가 하나가 될 자연 속의 땅 내음을 맡아보면서 마음의 문을 활짝 열고 산수와 풍월의 주인공이 되어보는 것도 가끔씩은 괜찮은 사치라고 생각한다. 왜냐하면 사람이 인간 세상에서 용서받지 못하는 허물도 자연은 언제나 용서해주며 누가 됐든지 가리지 않고 포근히 안아주기 때문이다.

꿈꾸는 대신 돈을 꾼다

요즘은 자신의 능력이 부족한데도 불구하고 운이 좋아서 성공하는 경우는 점점 더 어려워지고 불가능해져가고 있는 것 같다. 또한 아무런 노력도 하지 않고 뜻을 이루는 사례도 거의 사라지고 있는 추세인 것 같다. 생활수준이 향상되고 교육수준이 높아지면서 이와 같이 공정한 사회를 추구하고 지향한다는 것은 매우 고무적인 일이다.

우리나라에는 로또에 맞아서 행운을 잡는 사람들이 일주일에도 여러 명씩 나온다. 그러나 그 당첨금이 종잣돈이 되어서 더 큰 부를 축적하는 사례는 거의 없으며 심지어는 받은 돈을 그대로 보존하는 경우도 드물다고 한다. 당첨자들은 시간의 차이만 있을 뿐 삶이 전보다 많이 윤택해졌다가 본래의 상태로 되돌아오는 경우가 대부분이라고 한다. 그러고는 남은 평생을 허탈감에 빠져서 괴로워하며 산다고 한다. 높이 오르면 오를수록 땅에 떨어질 때는 그 아픔이 더욱 가중된다는 진리를 짧은 로또의 역사가 증명해주는 것 같다.

주변에서 흔하게 있는 경우는 아니지만 자신의 능력과는 무관하게 막대한 상속을 받은 경우도 로또 당첨자들과 비슷하여 자기 세대를 넘기지 못하고 탕진하는 경우가 허다하다고 한다. 『주역』에서 말하는 '물극필반'의 이치이다. 즉 사물이 극에 달하면 되돌아온다는 말이다. 자신의 능력으로는 더 이상 갈 수 없는 한계점에 도달했으니 다시 원래대로 되돌아온다는 것이니 마치 그네를 타는 것과 같은 원리라고도 볼 수 있다. 준비가 되어 있지 않은 자에게도 행운은 찾아올 수 있지만 그것은 어쩌다가 뜬구름이 잠시 손에 잡힌 것과 같다. 장애인을 비하할 의도는 없지만 맹인의 손에 등불을 쥐여 준 것과 다를 바가 없는 것이다.

스스로 흙수저라고 비하하는 사람들은 부모가 능력이 없고 가난해서 아무런 도움도 받지 못한다고 한다. 그래서 계층 간 이동도 하지 못하고 위대한 꿈을 꾸어야 하는 시간에 돈을 꾸러 다니고 있는 형국이니 결국 가난이 대물림된다고 원망한다. 그러나 벗어나려고 노력하지 않으면 그냥 흙수저로 남는 것이고 노력해서 실력을 갖춘다면 금수저가 어디 따로 있는 것도 아닐뿐더러 부러움의 대상도 아니다.

"오르지 못할 나무는 쳐다보지도 말라."면서 꿈꾸는 사람들을 기죽이는 속담이 있지만 예나 지금이나 현실적으로 못 오를 나무는 없다. 공자는 "남들이 나를 알아주지 않는 것을 걱정하지 말고, 내 실력이 부족한 것을 걱정하라."고 벌써 2,500년 전에 알려주었다.

요즘처럼 자기 자신을 흙수저라고 비하하고 한탄하면서 주눅들어 있는 젊은이들에게 남긴 말 같아서 씁쓸하고 안타까운 마음이 든다.

자하는 "소인은 잘못이 있으면 반드시 변명을 하려고 한다."고 했다. 자기 자신의 게으름과 잘못을 부모에게 덮어씌우고 자신은 피해자인 양 원망하는 경우가 비일비재하게 많다. 그리고 정작 자기 자신은 편안하게 자포자기하는 것이다. 이 세상에는 수없이 많은 일이 있지만 그중에서도 포기하는 것처럼 쉽고 빠른 일은 없을 것이다.

신문기사를 읽다 보면 요즘 젊은이들의 꿈이 대기업에 입사하거나 공무원이 되는 것이라고 한다. 그런데 대기업에 가서는 무슨 일을 하고 싶고 공무원이 되어서는 어떤 일을 하고 싶은지에 대해서는 구체적인 언급이 없다. 그저 연봉 많이 받고 편하게 일할 수 있다는 안일한 생각 이외에는 별다른 이유가 없는 것이다.

최종적으로 자신이 무엇을 하고 싶고 그래서 무엇이 되고 싶은지 꿈이 실종된 것이니 그저 알맹이 없는 빈껍데기들만 바람 부는 대로 이리저리 휩쓸려 다니는 모양과 같다. 전공도 취업을 겨냥해서 선택하고 스펙도 취업에 필요한 것으로 갖추다 보니 정작 자신의 꿈을 키워나가기 위한 소질을 함양시켜나가는 것과는 괴리가 있는 것이다. 결국 '나'라는 주체가 빠져 있으니 자신의 꿈이나 자신이 지향하는 목표와 상반되는 것이다.

그뿐만이 아니라 어디로 가야 하는지 어디로 가고 있는지를 자기 자신도 모르고 있다. 내가 나 자신을 잘 모르는데 하물며 남이 나를 어떻게 알 수가 있으며 나 또한 남을 알 수 없으니 결국은 사회나 공동체로부터 격리되기도 하는 것이다.

"소도 언덕이 있어야 비빈다."는 속담에 나는 절대적으로 동의한다. 왜냐하면 스스로 할 수 있는 것도 있지만 불가능한 것도 반드시 있기 때문이다. 그래서 사람이 홀로 성장하고 성공한다는 것은 어렵다고 생각한다. 인간은 사회적인 동물이라는 말이 있듯이 세상은 이미 서로 어우러져 살게끔 설계가 되어 있기 때문이다. 그러니까 믿고 의지할 구석이나 대상이 어딘가에는 있어야 한다고 본다. 바로 그것을 자기 스스로 찾아야 하는 것인데 아무리 발버둥을 쳐봐도 찾을 수 없다면 결국에는 고난을 감내하는 수밖에 없는 것이다. 또한 삶의 고달픔이 절정에 이르렀는데 혼자서는 감당할 수 없는 커다란 장벽이 가로막고 있다면 그대로 포기하고 주저앉든가 아니면 다른 사람의 도움을 받아서 치우고 나아가든가 둘 중 하나밖에 없다.

『시경』에 이르기를 "다른 산의 돌로도 자신의 옥을 갈 수 있다."고 했으니 자신의 힘만 믿고 산다는 것은 어리석음의 극치를 실현하는 것이다. 자신의 능력에만 의지할 경우에 힘에 겨워서 지치게 되면 당연히 좌절하고 포기하게 되는 것이니 자신이 가진 것만 쓸 줄 안다면 동물과 별반 다르지 않은 것이다.

지식에는 한계가 있지만 지혜는 무한하다. 대부분의 성공은 지혜의 토대 위에서 이루어지고 지혜는 지식을 바탕으로 생겨나지만 지식은 노력에 의해서 쌓인다. 누구나 금수저를 들고 세상에 나오고 싶었지만 그것은 선택 사항이 아니었다. 그렇다고 자신에게 쥐여진 흙수저를 들고 멍하니 바라보며 한탄한다고 무엇이 바뀌겠는가. 금수저가 되고 싶으면 그에 상응하는 노력을 하고 자신의 실력을 함양하는 수밖에 없다. 그런 다음 비빌 언덕도 찾고 다른 사람의 시간과 능력을 빌려 쓸 줄 아는 지혜도 기를 줄 알아야 한다.

지혜는 샘물과 같아서 자꾸 퍼내서 써야 또 새롭게 솟아나는 법이며 바닷물처럼 무한해서 쓰고 또 써도 다함이 없는 것이다. 부모는 바꿀 수 있는 대상이 아니다 보니 금수저가 있다는 것은 인정하지 않을 수 없다. 그러나 흙수저는 자신의 의지에 따라서 얼마든지 바뀔 수 있는 것이니 흙수저는 없는 것과도 같다. 실제로 금수저는 금은방에서 돈 주고 살 수 있지만 흙수저는 만들어서 팔지 않기 때문에 돈을 주고도 살 수가 없다. 동화 속의 금도끼와 은도끼처럼 이제는 금수저와 흙수저의 이야기도 동화 속으로 들여보내고 현실을 직시해야 한다.

대단한 질문

　지구상에는 약 70억 명의 인구가 함께 살고 있지만 대부분의 사람들은 구경꾼처럼 들러리로 살아가고, 일부는 무대 위의 조연처럼 살다가 조용히 사라진다. 그래서 세상을 바꿀 만한 위대한 업적은 꿈도 꿔보지 못할뿐더러 간접적인 경험조차도 해보지 못한 채 평범한 삶을 살다가 돌아간다.

　그러나 나노공학과 유전자공학이나 생명공학과 같은 분야는 물론 수없이 많은 학문과 산업 분야에서는 주연처럼 선택받은 몇몇 사람들에 의해서만 진보가 이루어지고 있다. 그래서 전에는 상상조차 해보지도 못하였을 풍요로움과 편리함을 인류 사회에 제공하고 있다. 바람은 소리 없는 고요한 곳에서 시작하여 미풍이 되기도 하고 성난 태풍이 되기도 하지만 이렇게 현대사회를 구성하는 눈부신 발전과 위대한 문명은 언제 어디에서 누구에 의해 시작된 것일까 자못 궁금할 때가 있다.

아쉬운 대로 추측을 해보면 필요한 것들을 계속하여 추구하다 보니 호기심이 일어났을 것이다. 그리고 그 호기심은 끝없는 상상을 하게 만들었을 것이며 상상은 궁금증을 자아내고 궁금증은 세상을 향하여 질문을 하게끔 만들었을 것이라고 생각된다.

사람들은 바보같이 늘 뻔한 질문을 하지만 가끔씩은 정신이 번쩍 들 만큼 대단한 질문을 하기도 한다. 질문은 세상에 살아 있는 그 어떤 존재도 흉내 낼 수가 없으니 심지어는 인공지능 로봇도 할 수 없고 오직 인간만이 유일하게 할 수 있는 일종의 특권이라고 볼 수 있다.

우리가 크고 대단하다고 인정하는 인류의 업적들은 모두가 위대한 질문에서 비롯되었다고 보아도 과언이 아닐 것이다. 그렇기 때문에 질문은 우리가 평소에 흔하게 보고 듣고 만지며 영위하는 일상생활 속에서 새로운 것들을 발견하게 만드는 원동력인 셈이다.

"창조는 제2의 모방이다."라는 말이 있다. 신도리코라는 회사에서 약 20년 전에 광고 카피로 쓴 말이다. 짧고 간결한 문구이지만 그 속에는 진리가 담겨 있다고 생각한다. 창조라는 것은 무에서 유를 자아내는 것이기도 하지만 오랫동안 숙성된 경험과 새로운 경험을 융합하는 것도 훌륭한 창조에 속한다고 생각하기 때문이다. 에디슨이 전구를 발명해서 세상의 밤을 밝힌 것이나 라이트 형제가 비행기를 만들어서 새로운 운송수단을 갖게 된 것처럼 모든 사람들이 세상에 존재하지 않았던 것들을 만들려고 한다면 거의 모든 사람들은 단 한 가지도 이루지 못하고 죽을 것이다.

흔한 속담 중에 "아는 길도 물어보고 가라"는 너무도 당연한 말이 오랜 세월 동안 구전되어 내려오고 있는데 거기에는 그만한 이유가 있을 것이다. 매사에 빈틈없이 하라는 뜻도 내재되어 있지만 희미하게 보이거나 앞뒤 좌우가 헷갈릴 때에는 물어보라는 뜻으로 해석할 수도 있기 때문이다.

그러니까 묻는다는 것은 무게로 치면 태산보다 더 무겁고 깊이로 치면 바다보다도 더 심오하기에 비유법과 은유법을 사용한 것뿐이다. 그래서 세상을 바꾸는 위대함의 시작도 결국은 어떤 질문을 하느냐에 달려 있다고 본다.

모르는 길은 내비게이션이 안내해주지만 삶의 기나긴 여정에서 내비게이션 역할을 하는 것은 질문이라고 생각한다. 우리는 그것을 잘 알면서도 때로는 체면 때문에 머뭇거리거나 혹은 주변 사람들의 눈치를 살피다가 때를 놓치는 경우가 많다. 그래서 독자노선을 걷다가 소중한 것들을 잃고 세월까지 까먹는 경우를 의외로 많이 볼수 있다. 정답을 모를 때 묻는다는 것은 너무나도 당연하고 그것은 당위성을 넘어서 현명하고 위대한 일이 될 수도 있다.

술잔도 자주 들다 보면 실수가 따르고 건강도 해칠 수 있듯이 질문이라는 것도 자주 하게 되면 유치하고 식상한 것들을 물을 수 있다. 그래서 핀잔을 받거나 놀림거리가 될 수도 있다. 그러나 앨버트 아인슈타인은 "가장 중요한 것은 질문을 멈추지 않는 것이다."라고 정의한 바가 있다. 몰라서 하루하루를 아등바등거리며 산다거나 해결방법이 없어서 몇 날 며칠을 망설이는 것보다는 바보 같은 질문일지라도 자꾸 던지다 보면 답이 도출될 수도 있다.

꿈보다 해몽이라고 우매한 질문으로도 생각하지 않은 해결책이나 답을 얻을 수도 있기 때문이다. 이치에 딱 들어맞는 질문만 골라서 한다거나 대단한 질문만 하려고 한다면 평생 동안 단 하나의 질문거리도 생기지 않을 수 있다. 머뭇거리며 시간을 낭비하거나 엉뚱하게 잘못된 길로 가기보다는 묻고 또 물어서 정답을 찾고 올바른 길로 가야 한다. 그러면 보이지 않던 길이 보이는 것은 물론 평소에 생소했던 것이나 모르는 것들도 하나둘씩 깨닫고 알아가게 될 것이다.

비중이 적고 하찮게 생각되는 질문일지라도 계속 반복하게 되면 그것은 습관이 되고 그것들이 쌓이게 되면 비로소 위대한 질문도 할 수 있게 된다. 그래야 자기 자신도 바꾸고 세상도 바꿀 수 있는 위대한 힘을 얻게 될 것이다. 언제 어디서나 호기심을 갖고 궁금한 것을 물어볼 수 있는 작은 용기만 있다면 세상에 두려운 것은 아무것도 없을 것이라고 감히 생각한다.

2

소처럼 느린 걸음으로

행복

누군가 나에게 '당신의 가정은 행복하십니까?'라고 묻는다면 선 뜻 대답하기 어려울 것 같다. 왜냐하면 약간은 그런 것 같기도 하면 서 다른 한편으로는 자신이 없기 때문이다. 아마도 많은 사람들이 나와 비슷한 마음이지 않을까 조심스럽게 생각해본다.

요즘 은퇴하는 사람에게 노후 준비는 잘해놓았느냐고 물어보면 그저 자식 낳아 기른 게 전 재산이라고 말하는 사람들이 많은 것처 럼 나에게도 세상의 그 무엇과도 바꿀 수 없는 세 딸이 있다. 우리 부부에게 기쁨도 주고 보람도 느끼게 해주었기에 앞으로는 몰라도 최소한 지금까지는 행복한 삶을 살게 해준 딸들이다. 마찬가지로 세 딸들도 지금까지 행복했는지를 속단할 수는 없지만 최소한 불행 하게 살았다고 생각할 것 같지는 않다. 아내도 조금은 헷갈릴 수 있 을지 몰라도 굳이 저울에 달아보면 행복하다는 쪽으로 기울어지지 않을까 홀로 생각해본다.

가장으로서의 나는 집 안에서는 행복한 삶을 영위했던 때가 많았지만 평범한 샐러리맨으로 살아온 게 아니었기에 집 밖에서는 우여곡절이 꽤나 많이 있었다.

본래 행복이나 불행이라는 것은 눈에 보이지 않는 추상적인 개념이라서 그 깊이를 재볼 수도 없고 무게를 달아서 측정할 수도 없기에 기준은 있을 수 없다. 그래도 주변을 둘러보면 살림살이는 녹록치 않아 보이지만 서로 신뢰하고 배려하는 가운데 아낌없는 사랑을 나누고 사는 훈훈한 가정을 드물지 않게 볼 수 있다. 그런가 하면 아주 부유하고 걱정거리라고는 단 하나도 없어 보이지만 서로 바라보는 곳이 달라서 각자의 방식대로 살다 보니 집안에 고성이 오가며 전운이 감도는 집도 있다.

비 갠 날 산등성이에 오르면 이게 바로 구름인가 보다 하는 옅은 운무를 볼 수 있는데 산 아래로 내려와서 올려다보면 그 구름의 모양과 크기가 확연하게 드러난다. 그처럼 누구나 자기 자신의 행복과 불행은 어렴풋이 가늠해볼 뿐이지 오히려 주변 사람들이 더 잘아는 경우가 많다. 최소한 내가 아는 행복한 가정에서는 웃음소리가 방정맞도록 크게 들리지 않고 대신에 따뜻한 온기가 잔잔히 흐른다.

만사가 인연에 따른다고 하는 '수연(隨緣)'이라는 말이 있다. 우리에게는 거미줄같이 수많은 관계와 관계 속에 얽혀 살면서 피할 수 없는 인연이 있다. 그중에서도 가족만큼 가까우면서도 대단한 인연은 없다. 가족은 국가와 사회를 구성하는 가장 소중한 기반이기도 하다.

그런 가족 간에도 서로의 생각이 다르고 추구하는 바도 다르며 행동하는 것도 다를 수 있다. 그러나 그 다름을 인정하고 품어주며 심지어는 북돋아주는 가운데 가정이 유지된다. 그러한 가정의 밑바탕에는 '그럴 수도 있지.'라며 조건 없는 넓은 마음이 잘 작동되고 있기 때문에 가능한 것이다.

세상만사 어느 것 하나도 시작 없는 끝은 없으며 원인이 없는 결과도 없다. 서로 반목하고 시시비비가 끊이지 않는 데에는 여러 가지 원인이 있겠지만 그중에서도 대표적인 원인을 꼽자면 상대방에게 조언을 하거나 잘못을 지적할 때 그 방법론에 문제가 있는 경우가 많다.

예를 들자면 부모는 자녀를 훈계하는 것이 너무나도 당연하다고 생각하는 관점에서부터 문제가 있다. 그리고 자녀가 부모에게 직언을 할 때는 받아들여지지 않는 경우가 많은데 바로 그 자체에도 문제가 있는 것이다. 그래서 『효경』에 이르기를 "아비의 명에만 따르는 것을 어찌 효라 하겠는가?"라고 반문했다.

대부분의 청소년들이 사소한 투정이나 요구사항에 대해서는 서슴지 않고 용감하게 표현한다. 그러나 이성 교제에 대한 고민이나 친구들과의 다툼과 같이 나름대로 깊이 있다고 생각하는 것들은 말하지 않으려고 한다. 중요한 고민과 불만들은 가족의 소통 테이블에 올리지 않고 일부는 친구들과 해소하기도 하지만 대부분은 차곡차곡 쌓아두었다가 무게를 견디지 못할 때가 되면 한번에 터트려서 주변 사람들을 놀라게 한다. 이제 갓 어른이 된 부모들은 생김새만 어른이지 아직 내공이 부족하여 그것을 제대로 수용하거나 타협하지 못하고 맞받아치거나 버럭 화를 내는 경우가 대부분이다. 그러면 소통은커녕 작은 대화의 기회조차도 물 건너가고 갈등이라는 비극이 시작되는 것이다.

부모라는 자리는 자녀들에게 바라는 것들이 많을 수밖에 없다. 심지어는 희망사항을 넘어서 자녀를 통해 대리만족까지 하려는 경우도 허다하게 많다. 그러나 정상적인 사고방식을 가진 부모도 공통적으로 원하는 것이 크게 두 가지가 있는데 바로 친구들과 사이좋게 지내고 공부 잘하라는 것이다.

올바른 생각을 가진 친구들과 사이좋게 지내게 되면 올바른 인성이 저절로 자라날 것이다. 또한 공부를 잘하려면 선생님 말씀을 잘 들어야 하고 그렇게 되면 체계적으로 지식이 습득되니 저절로 사회가 필요로 하는 사람으로 자라나게 되기 때문이다. 더 이상 무슨 요구사항이 필요할까? 그 이상이 바로 잔소리가 되는 것이다.

그러나 자녀 세대를 경험해보아서 잘 알고 있고 또한 사회생활을 하면서 쓴맛 단맛 다 보고 있는 부모는 사랑이라는 가면을 쓰고 더 많은 것들을 요구한다. 더 쪼개서 세분화하고 아주 구체적인 틀을 짜놓고 거기에 맞추려고까지 한다. 그래서 아이들은 숨조차도 제대로 못 쉬다가 결국에는 본인의 의지와는 상관도 없이 말 안 듣는 불량한 아이로 변해가는 것이다. 자녀는 부모가 바라는 것이 많으면 많을수록 거기에 비례하여 멀어진다는 사실을 결코 간과해서는 안 된다.

부부지간에도 각자 바라는 욕심이 많은 것은 어찌 보면 당연한
것일 수 있다. 실제로는 서로 베풀면서 사는 사람들도 많이 있지만
받은 것보다 더 받고 싶은 마음이 크기 때문에 늘 부족하게 생각될
뿐이다.

부부 싸움을 벌이는 이유를 보면 사소한 일을 성급하게 시작하거
나 완벽하게 마무리하려는 데서 오히려 문제가 생긴다. 부부는 수
직적인 관계가 아니라 수평적인 관계이다 보니 상대방의 잘못을 이
해하기보다는 서로 단죄하려고 하는 경향이 있다. 그래서 낱낱이
실상을 드러내놓고 시시콜콜 잘잘못을 따져 묻다 보면 서로의 인내
심이 바닥을 드러낸다. 결국 시시비비의 본질은 사라지고 과거부터
현재까지의 모든 불만들을 꺼내놓고 싸움이 아닌 전쟁을 치르게 된
다. 결국 각자 얻은 것은 하나도 없고 원수처럼 반목하는 깊은 골만
파놓고 끝난다.

"집안사람에게 허물이 있을 때에는 드러내놓고 화를 내서도 안
되고, 대수롭지 않게 넘겨서도 안 된다. 잘못한 일에 대해 곧바로
말하기 어려울 때는 다른 일에 빗대어 넌지시 깨우쳐주어야 하며,
만일 그 즉시 깨닫지 못할 때는 다음 기회에 다시 일러주어야 한다.
봄바람이 얼어붙은 대지를 녹이듯, 따뜻한 기운이 얼음을 녹이듯
가족의 잘못을 깨우쳐주는 것! 이것이 바로 가정을 화목하게 하는
방법이다."라고 홍자성은 『채근담』을 통해서 말해주었다. 또 "시켜서
말을 듣지 않던 사람도 내버려두면 의외로 따르는 수가 있으니, 엄

하게 제어하는 데만 급급하여 그의 불순함을 조장해서는 안 된다.”
고 했다.

어떤 일이나 인간관계가 실타래처럼 얽혀 있을 때에는 그냥 방치
하듯 덮어놓고 기다려보는 것도 어쩌면 하나의 방법일 수 있다. 상
대성이 있으니 서로 생각할 수 있는 시간을 주고 실행할 수 있는 기
회도 주는 것이다. 당장 어떻게 해보려고 성급하게 덤벼들었다가는
얽힌 실타래 속에 자기 자신도 함께 엉켜버릴 수 있다. 그렇게 되면
그나마 해결할 방법마저 없어져버릴 수 있으니 신중하게 접근할 필
요가 있는 것이다.

모든 일들이 그렇지만 화목한 가정도 저절로 만들어지는 것이 아
니다. 눈이나 비처럼 하늘에서 공짜로 내려주는 물건도 아니다. 그
래서 농부가 농사를 짓는 것처럼 정성을 다한 다음에는 기다려줄
수 있는 인고의 노력도 필요한 것이다.

나는 아내와 결혼한 지 28년이 되었다. 겨우 몇 년 정도 함께 살
아온 것 같은데 우리 부부에게도 우리만의 작은 역사가 만들어졌나
보다. 그러나 흔히들 말하는 젊어서의 달콤한 신혼 생활은 1년도
채 안 되고 절반의 세월은 아이를 함께 키우는 양육자로 나머지 절
반은 생계의 동업자로 살아온 것 같다.

누구나 그러하듯 나 또한 생면부지였던 아내를 처음 만났으니 함
께 살면서 서로 다른 것도 많았지만 틀린 것도 너무나 많았다. 그래
서 양복 맞추듯이 나에게 맞게끔 고쳐보려고 잔꾀도 부려보고 정성
도 들여보았지만 결국은 하나도 못 고치고 마음의 상처만 남겨주었

다. 아마 아내도 나와 방법만 다를 뿐, 비슷한 노력을 했을 것이라고 생각한다.

화목한 가정이 성립하는 데에는 여러 가지 전제조건이 있겠지만 서로의 다름을 인정하고 배려해서 부부 사이에 다툼이 없는 관계가 되는 게 최우선인 것 같다.

아니 다툼 없이 산다는 것은 불가능한 일이니 최대한 횟수를 줄이고 싸우더라도 가볍게 싸우며 살아야 한다. 나이가 어린 자녀일수록 부모의 목소리에 민감하기 때문이다. 정서적으로 불안정한 환경을 조성하는 것은 어린아이의 인격 형성에 그대로 반영되기 때문에 큰 죄를 짓는 것이며 그것은 무엇으로도 보상되지 않는다고 생각한다.

잘 키웠든 못 키웠든 세월은 한 치의 오차도 없이 어린아이들을 성인으로 만들어놓았다. 아이들은 자라는 과정 속에서 부모의 힘들어했던 모습이나 흐트러지고 보기 싫은 모습들을 수도 없이 보면서도 부모니까 참고 말하지 못한 것들이 많았을 것이다. 그렇지만 우리 가족은 다행히도 물질적인 면에서 크게 좌우되지 않았고 언제부터인지 신뢰라는 뿌리가 적지 않게 내려서 비바람에 담장 무너지듯 쉽게 해체되지 않았던 것 같다.

이제는 하고 싶은 말도 한 박자 쉬었다 하고 그 공간에는 격려하고 칭찬하는 말들로 채워야겠다. 그리고 가족들의 생각과 그들의 일을 인정하고 소유물이 아닌 또 하나의 인격체로서도 존중해야겠다. 그래도 남는 시간이 있다면 같은 취미를 갖고 공통된 언어를 쓰면서 쉽게 소통하는 법도 배워야겠다. 그러면 누군가가 "당신의 가정은 행복합니까?"라고 묻는다면 자신 있는 대답을 할 수 있을 것 같다.

전업주부

남녀평등이라는 구호는 20세기 초반 프랑스에서 처음 생겨났고 우리나라에서 따라 외치기 시작한 것도 30년이나 되었으니 벌써 한 세대를 넘기고 있다.

아직도 갈 길은 멀지만 그런대로 사회 전반에 걸쳐서 양성평등이 정착되어가고 있는 것 같다. 지난 구습에 젖어 아들 타령이나 하면서 딸을 셋이나 키워온 딸부자의 입장에서도 뒤늦게나마 안도감이 든다.

요즘 신세대들을 보면 남성들은 아이 낳는 것만 빼고는 그동안 여성의 몫으로 치부하며 당연시해왔던 집안일들을 함께 하고 있다. 그렇게 합리적인 사고방식이 확산되면서 대부분의 영역에서 남녀의 책임과 의무의 경계도 사라지고 있는 것 같다.

우리 집은 내가 먼저 은퇴를 하였고 아내는 아직도 현업에 종사하고 있다. 은퇴 후 처음에는 집에서 청소기나 돌려주는 정도였는데 하나씩 하나씩 추가로 하다가 보니까 지금은 아내가 요리만 담당하고 나머지 집안일은 모두 내 몫이 되었다. 아마도 내년쯤이면 요리도 내 담당이 되어 있을 것 같다. 얼마 전 아침에는 아내가 좋아하는 옷을 찾는데 빨래통에 그대로 있었다. 하필이면 그날 저기압이었는지 빨래도 안 하고 뭐 했느냐고 핀잔을 주기에 조금은 미안하기도 했지만 어이가 없었다. 이쯤 되면 도와주는 고마운 차원은 옛날 옛적 얘기고 이제는 내가 집안일을 하지 않으면 안 되는 책임과 의무를 지게 되는 것이다. 나는 그렇게 내 의사와는 무관하게 전업주부가 되었다.

전업주부로 변신하고 스스로 놀란 것은 누가 보아도 내가 집안일을 잘하고 있다는 것이었다. 아내는 이유 불문하고 잘한다고 인정할 수밖에 없는 입장이지만 나 스스로가 놀라웠으니 천직이고 적성에도 딱 맞았다. 청소를 하든지 설거지를 하든지 무엇이든지 하고 나면 스스로 즐겁고 보람도 있었다. 불교에서 말하는 전생이라는 게 있었다면 아마도 나는 살림도 잘하고 내조도 잘하는 가정주부였을 것이라고 생각한다.

처음에는 낯설고 어설퍼했던 집안일이었지만 이제는 제법 노하우도 생겨났다. 어쩌다 아내가 기분이 좋거나 컨디션이 괜찮을 때에 세탁기라도 돌리려고 하면 내가 못 하게 한다. 아내를 위하는 배려의 마음도 조금은 있지만 그보다는 내 마음에 들지 않게 하기 때문이다.

왜냐하면 아내는 세탁물을 한꺼번에 몽땅 집어넣고 세제와 섬유유연제도 눈대중으로 듬뿍듬뿍 넣고 그냥 표준모드로 돌린다. 그러고는 세탁이 종료되었다는 신호음이 들려와도 보던 드라마가 끝나야 널러 나가고 너는 것도 그냥 보이는 순서대로 건조대에 올려놓고 나오는 식이다.

　세탁이 무슨 대단한 일은 아니지만 모든 일에는 방법이 있고 순서가 있어서 그렇게 하지 않으면 효율성이 떨어지고 결과도 좋지 않다. 그래서 나는 먼저 별로 때 묻지 않은 옷이나 기능성 옷들은 따로 구분해서 세제나 섬유유연제를 아주 최소량만 사용하여 옷감이 상하지 않고 방수 방습 기능을 최대한 살리는 차원으로 세탁을 한다. 그리고 때를 빼야 하는 일반 세탁물은 세제와 섬유유연제를 권장 사용량의 30~50%만 넣어 5분 정도 돌렸다가 일시 정지시키고, 한두 시간 불린 다음에 다시 돌린다. 세제의 양과 상관없이 일정 시간을 물에서 불려야 때가 싹 빠지기 때문이다. 세제를 많이 넣어서 거품이 많이 일어나야 때가 잘 빠진다는 생각은 아주 잘못된 상식이다. 많은 세제는 세탁물과 물 사이에서 윤활 작용을 하기 때문에 오히려 세탁이 덜 된다. 또한 많은 세제를 완전히 없애기 위해서는 헹굼을 추가로 더 해야 하는데 대부분 표준 모드로 돌리기 때문에 세제가 옷에 남아서 피부에 좋지도 않다. 물보다 더 좋은 계면활성제는 없다고 한다. 세탁이 종료되면 즉시 널어야 구김을 방지한다는 것은 모두가 알고 있는 기본적인 상식이다. 또한 널면서 두세 번 털어주어야 마르면서 구김도 잘 펴지고 미세 먼지도 털려 나간다.

청소기와 걸레질은 자주 하면 좋을 뿐 특별한 방법이 있는 것도 아니므로 주방으로 가보겠다. 냉장고는 단기간에 먹을 것만 잠시 보관하면 되지 무슨 기나긴 전쟁이나 기근에 대비하듯이 음식물을 저장하는 곳이 아니다. 내용물은 잘 보이도록 투명 용기나 봉투를 사용해서 문을 열면 한눈에 보여야 몰라서 못 찾아 먹고 나중에 버리는 실수도 줄인다. 그리고 한 달에 한 번씩은 냉장고를 정리하는 게 좋지만 맞벌이를 하거나 삼시세끼 밥을 해먹는 경우가 아니라면 분기별로 한 번씩 하되 모두 꺼내놓고 버릴 것은 버리고 다시 정리를 해줘야 건강하고 알뜰하게 관리할 수 있다. 그릇이나 접시 같은 식사 도구는 집에 있는 것 중에서 가장 좋은 것들을 먼저 사용해야 한다. 왜냐하면 비싸고 좋은 것이라고 아껴둬봤자 나중에 더 좋은 제품이 나오면 결국 아껴둔 용기는 쓸모없는 골동품으로 전락하기 때문이다.

음식 중 밑반찬은 어쩔 수 없지만 찌개나 국과 같은 메인 요리는 되도록 한 번에 먹을 수 있는 양만 조리해야만 귀찮아도 맛은 있다. 차라리 한 끼니 먹기에도 조금 부족할 정도로 조리해야 모자라면 다른 밑반찬들도 먹게 되니 낭비하지 않고 건강에도 좋다. 설거지 할 때 기름기가 묻은 용기는 겨우 닦일 만큼의 세제로 세척하고 그렇지 않은 그릇들은 약 10~20분 정도 물에 푹 담가두었다가 닦으면 세제를 사용하지 않아도 뽀드득 소리가 날 정도로 잘 닦인다. 그러면 세제를 적게 써서 절약하고 가족들의 건강에도 일조하지만 나아가서는 지구의 환경을 위해서도 좋은 일을 하는 것이다.

수건은 대부분의 사람들이 세면이나 샤워 후에만 제한적으로 사용한다. 그러나 하절기에 베개 위에다 깨끗한 수건을 깔고 자면 땀을 흡수하여 피부 미용에도 도움이 되고 뽀송뽀송해서 잠자리도 상쾌하다. 베갯잇을 2~3일마다 빨기는 어렵기 때문에 나는 여름뿐만이 아니라 1년 내내 그렇게 사용하는데 아주 만족하고 있다. 그리고 대부분 세면이나 샤워 후 사용한 수건은 곧바로 세탁물통에 넣지 말고 핸드폰이나 시계 그리고 각종 소지품들을 닦은 후에 세탁물통에 넣는다. 어느 정도의 물기가 있어서 생각보다 잘 닦인다. 그렇게 깨끗하게 닦아서 소지하면 세균 감염도 방지하지만 깔끔하고 상쾌한 기분은 덤으로 챙길 수 있다. 돈이 드는 것도 아니고 많은 시간이 소요되는 것도 아니다. 그리고 그렇게 고마운 수건은 흰 내복과 함께 가끔씩 삶아주면 살균도 되고 표백도 된다. 요즘에 출시되는 세탁기들은 삶는 기능이 있어서 그렇게 어려운 일도 아니다.

양치할 때는 치과에서 알려주는 방법을 따르되 치석을 제거한다거나 누런 이를 하얗게 해보려는 욕심으로 치약을 잔뜩 짜서 묻히고 힘차게 닦아주면 이도 상하고 잇몸도 상하게 된다. 쇠도 계속 문지르면 닳는데 치아나 잇몸이야 오죽하겠는가? 사람들이 너무 안일하게 생각하는 것 같다. 양치는 칫솔모를 부드럽게 움직여서 음식물 찌꺼기를 제거하고 입안을 닦는 정도의 수준에서 끝마치고 차라리 1년에 한 번씩 스케일링을 받는 것이 좋다. 비누와 샴푸도 마찬가지로 많은 양을 사용한다고 해서 세면이 잘 되고 머리가 잘 감기는 것이 아니다. 권장 사용량보다 적게 사용하는 것이 피부에도 좋고 두피 건강에도 좋은 것이니 결국은 모든 것이 과유불급인 셈이다.

노자는 "작은 일을 크게 여기고, 적은 것을 많은 것으로 여기라."
고 했다. 우리는 크고 많은 것에서만 보람과 만족을 얻으려는 경향
이 있다. 하지만 큰 것은 작은 것에서 비롯되고 많은 것은 적은 것
에서 비롯되는 법이다. 집안일이나 생활습관을 사소한 일이라고 여
기며 우습게 보고 안일한 태도를 유지한다면 결국은 자기 자신의
생활환경과 건강에 손해만 불러들여 누적시킬 뿐이다. 조금만 세
심하게 관찰해보면 얼마든지 쾌적하고 건강한 생활을 유지할 수 있
다. 밖에 나가서 세상을 바꿔놓지는 못한다 해도 내가 사는 생활방
식과 집안 환경을 바꿔볼 수는 있는 것이다. 어쩌면 그런 것들을 확
장해나가는 것이 세상을 경영하는 기반이 되고 시발점이 될 수도
있다.

전업주부로 살림을 해보니까 소소하지만 나름대로의 보람도 있
고 재미도 있다고 생각한다. 그 이유는 사랑하는 내 가족을 위해서
스스로 하고 싶어서 하기 때문이다. 그러나 집안 살림을 해보니까
끝도 없이 반복되고 표시도 안 나며 공도 없는 일인 것 같아서 좀
씁쓸할 때도 있다. 지금 이 시간에도 집에서 살림하는 극소수의 남
성과 대다수의 여성들에게 가사노동의 가치를 인정해주고 싶다.

가사노동에 대하여 이제는 개인을 넘어 범정부적인 차원에서 관
심을 갖고 있는 것 같다. 2018년에 통계청이 내놓은 '무급 가사노동
가치평가' 자료에 따르면 가계 구성원이 대가 없이 집안일을 하며

소처럼 느린 걸음으로

창출한 가치는 361조 원으로 2009년보다 90조(33.3%) 증가했다고 한다. 따라서 한국의 전업주부가 요리, 빨래, 청소, 육아 등 집안일로 만드는 가치가 연간 2,315만 원에 이르는 것으로 추정했다. 이는 통계청이 59개 행위로 분류한 무급 가사노동을 돈으로 환산한 것으로 직종별 대체임금을 곱해 산출됐으며 정부가 가사노동 가치를 측정한 것은 이번이 처음이라고 한다.

전에는 남편을 바깥양반이라고 호칭했고 아내는 안사람이라고 호칭했다. 왜냐하면 남자는 대문 밖에서 일하고 여성은 집 안에서 일을 했기 때문에 그렇게 불려왔다는 설도 있다. 그러나 현대의 여성들은 이제 남성과 동등한 사회의 구성원으로 활동하면서 맞벌이 하는 가정이 계속 증가하는 추세에 있다. 그렇게 똑같이 바깥일을 하려면 집안일이나 육아도 똑같이 분담해야 하는 것은 너무나도 당연한 일이다. 그것이 진정한 남녀평등이고 사랑의 실천이며 배려라고 생각한다.

좋은 선물

한 해가 시작하면 누구에게나 365일이 주어지지만 그중에서도 특별한 날이 있고 기다려지는 날도 있을 것이다. 달력의 순서대로 보면 설날, 어린이날, 어버이날, 추석, 크리스마스 거기에 생일. 이러한 날이 되면 우리는 선물을 주기도 하고 받기도 하지만 특별한 날은 또 있다. 입학식, 졸업식, 밸런타인데이, 화이트데이, 결혼기념일 등 참 많다.

어쩌면 그렇게 특별한 날들이 사이사이에 자주 있어서 때로는 힘겨운 삶에 쉼표도 찍고 가게 해주고 메말라가는 인간관계에는 단비와 같은 역할을 해서 활력소가 돼주고 있는지도 모른다.

선물은 주는 이가 잘 선택해서 받는 이가 흡족해한다면 화폐가치보다도 몇 배의 값어치를 전달할 수도 있다. 하지만 잘못 골랐을 때에는 본전도 못 찾고 쓸모없이 처박히거나 천덕꾸러기마냥 여기저기 굴러다닐 수도 있다. 물론 전혀 기대하지 않았던 사람에게 선물을 받거나 기대 이상의 큰 선물을 받았을 경우에는 품목에 상관없이 만족할 수도 있을 것이다.

　지나간 생일에 봄옷을 선물로 받았는데 하나쯤 있었으면 했던 옷인 데다가 색상이나 디자인도 아주 마음에 들어서 흡족하게 받았다. 그런데 사이즈가 작아서 맞지 않았다. 마침 구매한 곳이 인근이어서 교환하러 갔더니 그 제품은 큰 사이즈가 없다고 해서 환불을 요청했더니 구매 당시의 신용카드가 있어야 한다고 했다. 신경 써서 선물을 해준 사람한테 카드 가져와서 환불해달라고 할 수 없어서 상품보관증으로 받아왔다가 두 달 정도 지나고 계절이 바뀐 다음에 여름옷으로 교환해온 경험이 있다.

　이렇듯 본의 아니게 받는 사람의 사이즈나 취향에 맞지 않는 경우가 있다. 선물을 해주는 사람의 입장에서도 무슨 날이 되었으니 어떤 선물을 해야 좋을지 여러 번 고민해야 하고 주머니 사정이 좋든 말든 간에 쌈짓돈 꺼내들고 발품을 팔아야 한다. 그렇게 쉽지 않은 과정을 거친 선물에는 주는 이의 따뜻한 마음도 함께 들어 있는 것임에는 틀림이 없다.

　그런데 봉투에 적절한 인사말과 함께 현금을 담아서 건네면 무엇을 고를까 고민하지 않아도 되고 귀찮게 들고 다니지 않아도 된다. 또한 현금을 받게 되면 자신의 취향대로 갖고 싶은 물건을 사면 되니까 불만이 생길 일도 전혀 없고 불필요한 것을 받아서 골동품으로 만드는 일도 없을 것이다.

　하지만 현금으로 주게 되면 성의 없다고 치부하기도 하고 우리가 인연을 맺고 있는 사람들 중에는 현금으로 줄 수 없는 애매한 관계도 있으니, 축하해야 하는 날에는 선물이 서로의 관계를 더욱 돈독하게 만드는 매개체가 될 수도 있다.

우리가 누군가에게 식사를 대접하고자 할 때에는 무엇이 먹고 싶은지를 물어보기 때문에 대부분이 서로 만족하는 경우가 많다. 그러나 선물을 할 때에는 무엇이 갖고 싶은지를 묻기보다는 그냥 깜짝 선물을 하는 경우가 많은 것 같다. 상대방의 의견을 묻고 원하는 것을 주게 되면 상대방은 평소에 갖고 싶었던 선물을 받을뿐더러 배려받는다는 생각도 들 것인데 왜 밥 사주는 것처럼 의견을 묻지 않는지 모르겠다.

깜짝 선물의 경우에는 서로의 마음이 딱 맞아 떨어져서 만족스러워하는 경우보다는 난감한 선물이 의외로 많다. 물론 무엇을 사줄까 물으면 비용이 초과될까 봐서 꺼리게 되는 일도 있을 것이다. 그 점이 우려스럽다면 솔직하게 지출할 수 있는 가격 선을 제시하면서 묻는 것도 나쁜 방법은 아니라고 생각한다.

시골에 사시는 연로한 할머니에게 수백만 원짜리 명품 백을 사주고 꾸지람을 듣는 며느리가 있을 수도 있고 좋아하는 사람에게 장미 한 송이를 사주고도 환심을 살 수 있다. 그런 게 선물이다. 그러니 상대방을 충분히 배려했는지의 여부에 따라서 반응이 달라지고 진심이 얼마나 담겼는지에 따라서 선물의 가치가 달라질 수 있으니 쉽지 않은 게 선물인 것 같다.

올해도 모든 이들의 생일이 찾아오듯이 내 생일도 다가오고 있다. 운동화는 자주 신고 다녀서 낡았고 바지는 배가 나와서 맞는 게

손처럼 느린 걸음으로

별로 없지만 그런 속사정을 함께 살고 있는 아내조차도 잘 알지 못
하고 있다.

가까운 손님

엊그제는 반가운 손님이 와서 하룻밤을 묵고 갔다. 주말에 오겠다는 문자를 받고 나서부터는 시간의 더딤을 느끼기도 했었는데 만남의 하루는 왜 그리도 빠른지 한겨울에 따뜻한 햇살이 집 안뜰에 잠시 스치고 지나간 것처럼 흔적도 없다.

이제는 다 크고 독립해서 서울에 따로 살고 있는 딸이 다녀간 것인데 오기 전에는 아내와 함께 무슨 음식을 해주면 맛있게 먹을까, 평소에 잘 챙겨 먹지 못하니 무엇을 해주면 조금이라도 영양 보충이 될까, 그렇게 생각만으로도 즐겁고 마냥 행복한 궁리를 하면서 나누는 대화 속에서는 꽃이 피는 것만 같았다. 한번 와서는 다 먹지도 못할 음식을 한상 가득히 상상하면서 묻고 싶은 말들을 떠올려보며 잊어버리지 않으려고 애도 쓴다. 잠깐 다녀가는 주말이 마치 한 주의 전부인 것 같다.

소치럼 느린 걸음으로

두 자매가 서울에 처음 취업했을 때에는 주말마다 오더니 이제는 서울에서 제법 자리를 잡았는지 한 달에 한 번 오기도 바쁜 것 같다. 새내기 대학생인 막내딸은 서울 생활이 그저 신기하고 재미있기만 한 모양이다. 물고기가 물을 만난 것처럼 신나고 재미있게 생활하면서 집 생각은 까맣게 잊고 있는 것 같다. 딸 셋 모두가 아직은 미혼이지만 벌써 엄마 아빠의 품을 떠난 것이다. 딸들이 세월을 따라서 성장하고 이제는 제 갈 길을 찾아 나가서 홀로 선 것이니 모두가 스스로 독립한 것이다. 그렇지만 또 다른 측면으로 보면 실질적으로는 우리 부부가 독립을 한 것이다.

결혼 후 5개월 만에 큰아이가 세상에 태어났으니 우리 부부가 단둘이 살아보는 것은 지금이 처음이자 이제 그 시작인 것이다. 비록 늦었지만 서로 보살피며 정겹게 살아야겠다는 마음은 항상 간직하고 있지만 인생사는 어느 누구도 장담할 수 없으니 그 또한 조심스러울 뿐이다. 그러나 도래하는 삶이 또다시 평탄하지 않을지라도 누구도 원망하지 않고 최선을 다하면 그뿐이라는 것쯤은 이미 지난 세월 터득한 학습효과로 충분히 알고 있기에 두렵지는 않다.

남겨져서 저절로 독립하게 된 우리 부부는 앞으로 그렇게 둘이 살면 되겠지만 예전처럼 한집에서 다 같이 생활하며 학교에 다니던 그런 시절이 그리워질 것이다. 이제는 아이들을 다 키워놔서 후련하기도 하지만 더 다정하고 더 따뜻하게 해주지 못했다는 생각에 늘 아쉬운 마음이 든다. 이제부터는 가족이라는 끈만 붙잡고 가끔씩은 마음의 눈으로만 바라보고 살아야 한다. 늘 그래왔듯이 내 생활에 적응하고 익숙해질 무렵이 되면 또다시 반가운 손님이 다녀갈 것이다.

자식을 기다리는 시간이 지루하지 않으려면 나만의 생활이 있어야 하고 그 시간 속에서 스스로 만족할 줄도 알아야겠지. 그래야 반가운 손님도 기쁘고 가벼운 발걸음으로 다녀갈 수 있을 것이다. 그것이 한상 가득히 차려놓은 음식보다 낫고 여러 가지 좋은 말들보다도 나을 것이니 아마도 반가운 손님이 제일로 바라는 바일 것이다.

병원

한여름의 무더위가 한풀 꺾이면서 이제 좀 살 만하다고 느껴지기 시작할 무렵이었다. 시원한 가을 나들이를 꿈꾸고 있었는데 여행은 커녕 아내의 몸에 종양이 있음을 알게 되었다. 이미 자랄 만큼 자란 종양을 되물릴 수도 없고 원인을 찾으려고 애쓸 필요도 없이 하루 빨리 수술하는 게 최우선이었다. 우리가 살고 있는 지역 병원에서도 종양이 크고 다른 장기와 유착이 심하니 상급병원으로 얼른 가보라고 했다. 잔뜩 겁을 먹은 우리 가족은 수술을 잘해줄 수 있는 병원을 급히 알아보았고 서울에서도 알아준다는 대학병원에 5박 6일간 입원해서 수술을 받았다.

종양이라고 해도 시간을 다투는 응급환자는 아니었기에 예진과 수술 예약을 하고서도 한 달 이상을 기다려야 수술을 할 수 있었다. 중증이 아니고 감기 걸린 사람들까지도 대학병원으로 몰려오기 때문이었다. 기다리는 한 달이 얼마나 길고 불안한지 아내는 물론이고 가족들에게도 병으로 아픈 것보다도 더 힘든 시간이었다. 수술을 받는 것이 즐겁고 유쾌한 일은 아니었지만 다른 방법이 없는 이상 하루가 급했기 때문이었다. 아내 자신도 진단을 받기 전까지는 여기저기 이상 징후가 있긴 했어도 일반인들처럼 정상적인 생활을 했었다. 그런데 모르는 게 약이라는 말이 있듯이 병을 알고부터는 축 처지면서 통증을 호소하며 진짜 환자가 되어 있었다.

시간은 흘러서 막상 수술 전날 입원을 하고 보니 겁이 나고 불안하면서도 또 한편으로는 큰 병원에 의지하고 있다는 생각에 위안이 되기도 했다. 수술 당일 수술실로 들어갈 때에는 마치 죽으러 들어가는 사람을 배웅하는 것처럼 마음이 애잔했고 수술 시간이 예상보다 길어져서 시간이 갈수록 손에 땀이 나고 초조해지는 나 자신을 감출 수가 없었다.

사람이 난관에 접하면 강하고 모질어진다고 하지만 또 한편으로는 한없이 여리고 나약한 존재라는 사실을 다시금 깨달았다. 환자 본인은 물론이고 우리 가족이 할 수 있는 것은 오직 기다리고 기도하는 것 이외에는 아무것도 없었기 때문이다.

수술실에 들어간 지 여섯 시간 만에 실려 나오는 창백한 아내의 얼굴에서는 고통스러워하는 모습이 역력했고 입에서는 연신 아프고 괴롭다는 신음 소리만 줄줄 흘러 나왔다. 그러나 그 표정이나 신음 소리가 그렇게 나쁘게만 보이거나 애처롭게만 들리지는 않았다. 이미 집도의 선생님께서 수술이 잘 되었다는 말을 먼저 해주었기 때문에 안심하고 있었고 아프다고 표현하는 자체는 살아 있다는 것

소치럼 느린 걸음으로

을 증명하는 것이기 때문이었다.

　딸 셋이 모두 서울에서 살고 있는 덕분에 하루에 한 명씩 교대로 병간호를 해주었고 그 덕분에 나는 저녁이면 집으로 와서 편히 자고 출퇴근을 하듯이 간호를 할 수 있었다. 퇴원 후의 병간호는 오롯이 내 몫이었기 때문에 그 정도쯤의 호사는 누려도 되겠다는 생각도 살며시 들었다. 그리고 딸들도 엄마가 힘들어할 때 함께 있으면서 서로간의 소중함을 한 번 더 느껴보게 하는 것도 나쁘지는 않겠다는 생각이 들었다.

　집에서 출퇴근을 하면서 병간호를 할 수 있었던 또 하나의 이유는 숙련되고 친절한 병원의 의료진이나 관계자들을 신뢰할 수 있었기 때문이었다. 내 가족처럼 환자를 돌본다는 직업의식과 생명존중에 대한 사명감이 매우 투철하다는 생각이 들었다. 그분들의 가족이 입원하고 수술을 받는다 해도 이보다 더 잘해줄 수는 없을 것이라는 생각이 들 정도였다. 지금까지 어느 병원에서도 볼 수 없었던 놀랍고 신선한 모습들이었기에 나 자신이 살아온 모습들이 떠올라서 부끄러움과 함께 진한 감동을 받았다.

　달력과 시계로 볼 수 있는 물리적인 시간이 있고 심리적으로 느끼는 정신적인 시간이 있듯이 병원에 머물렀던 5박 6일은 평상시에는 별로 느껴볼 수 없는 특별한 경험이었기에 아내의 질병을 치료하면서 많은 것들을 보고 배울 수 있는 소중한 시간이기도 했다.

　대학병원 같은 큰 병원은 새 생명의 탄생과 병들거나 늙어서 죽는 생로병사가 동시에 진행되는 영화나 드라마 세트장과 같았다.

지금도 귓전에 들려오는 듯이 생생한 소리가 있는데 바로 '코드블루 0층'이라는 안내방송이다. 병원이라는 특수성 때문에 안내방송이 아예 없는데 하루에 한두 번씩 들려오는 그 소리가 궁금하여 조심스레 물어보니 '0층에 심정지 환자가 발생했다'라는 알림이라고 한다. 누군가 호흡이 멈춘 위급한 상황에서 일일이 해당 의료진을 호출할 수 없으니까 어쩔 수 없이 안내방송을 하는 것이었다. 거친 숨소리와 신음 소리를 빼고 나면 적막만이 감도는 병실 안에서 가끔씩 들려오는 스피커 음이 처음에는 낭랑하여 사실은 듣기가 좋았다. 하지만 사정을 알고 난 후부터는 그 멘트가 나오면 누군가의 목숨이 경각에 달려 있다는 거구나 하는 생각에 머리카락이 쭈뼛쭈뼛 곤두서곤 했다.

의료진이 잠시 바쁘게 움직이다가 소란이 멈추고 나면 대부분 흰 천에 덮여서 장례식장의 냉동실로 들어갈 것 같아서 남의 일 같지가 않았다. 나이가 몇 살이고 성별은 무엇이며 뭐 하던 사람인지 왜 사망하게 되었는지 등은 하나도 궁금하지 않았다. 그저 사람 목숨도 파리 목숨과 별로 다르지 않구나 하는 허무한 생각만 들었다.

장례식장은 대부분이 병원의 지하에 있는데 이 병원에서는 별도의 옆 건물에 있어서 많은 환자들이나 유가족들에게도 바람직한 것 같았다. 휠체어에 몸을 의지한 사람이나 병이 깊은 환자들 눈에 상복을 입고 왔다 갔다 하는 모습이 보이면 치료에도 도움이 안 되고 정서적으로도 좋지 않은 것은 당연한 일이다. 이곳 장례식장에는 병원 안에서도 유일하게 흡연실이 두 군데나 있어서 내게는 아내의 입원 기간 동안 가장 즐겨 찾는 장소가 되었다.

물론 장례식장을 한두 번 가본 것도 아니고 직접 장인 장모님과 매형, 매제의 장례를 주관해봐서 낯설지도 않고 어찌 보면 친숙한 장소였다. 어느 집이나 그렇듯이 장례를 치르러 오면 망자의 죽음을 현실적으로 받아들이지 못하고 어리둥절해한다. 그러다가 조금 정신이 들면 장례 절차를 알아보고 지인들에게 부고를 알린다. 그래서 처음에는 눈물도 나지 않고 슬퍼할 겨를도 없으며 별로 하는 것도 없이 혼이 나간다. 장례를 치르는 기간 동안에 많은 눈물을 흘리면서 가장 슬퍼할 때는 대략 두 번 정도 있는데 그 하나는 관 뚜껑을 닫을 때이고 또 한 번은 화장을 하는 경우에는 화덕에 들어갈 때이고 매장을 할 경우에는 땅속에 들어갈 때인 것 같다.

　아내는 8층에 입원해 있었는데 바로 위층에 신생아실이 있었다. 입원 첫날 8층에 빈 병상이 없어서 9층에 하루 있었기 때문에 그곳도 낯설지가 않았다. 아내가 잠이 들면 잠시 나와서 촌놈 서울 구경하듯이 두리번거리며 여기저기 돌아다녔는데 그중에서도 신생아실에 자주 올라갔다. 병상 수가 많다 보니 잠시만 복도에 서성거려도 갓 태어난 아기들을 쉽게 볼 수 있었기 때문이었다. 새 생명이 태어나고 그리고 그것을 축복하며 새로운 가족을 만나는 기쁨이 가득한 장소였기 때문에 그냥 보는 이의 마음까지도 흐뭇했다. 이제 막 엄마 아빠 된 젊은 부부들이나 가족들이 새 생명을 바라보는 모습을 보고 있노라면 무슨 별천지에 와 있는 것 같았다.

　한쪽에서는 새 생명이 태어나지만 한쪽에서는 죽어가고, 또 다른 곳에서는 장례를 치르지만 또 한쪽에서는 병을 고치고 퇴원하면서 안도의 숨을 내쉰다. 『금강경』에 "사람마다 기쁨과 슬픔은 서로 같은 것이다."라는 말이 있다. 새로운 생명이 태어나고 병을 고쳐서 건강을 회복하는 기쁨도 있지만 병이 들어서 고통을 받고 늙어서 죽는 일련의 모든 과정을 우리 모두는 겪어야 하기에 어느 것은 기쁘고 어느 것은 슬프다고 말할 수 없는 것이다. 이심전심이라는 말이 있듯이 병원에서 일어나고 있는 모든 모습들은 결코 남의 일들이 아니었다. 곧바로 나의 경우가 될 수도 있기에 객관적인 시각이나 제3자의 눈으로만 볼 수는 없었기에 큰 병원은 우리가 살아가고 있는 세상의 핵심만 요약해놓은 축소판 같았다. 그래서 아직은 건강하게 살아 살아 있는 자체만으로도 감사하게 생각하면서 삶의 가치들을 되새겨보고 반성해볼 수 있는 고마운 시간들이었다. 많은 사람들 덕분에 아내는 수술이 잘 되었고 회복도 잘 되어서 지금은 아무 일도 없었다는 듯이 일상생활로 복귀했다.

어버이날

오늘은 어버이날이다. 내가 초등학교 다닐 때는 어머니날이었는데 언제부터인가 아버지를 끼워주고 어버이날로 명명하면서 아버지 체면도 세워주었다. 일 년에 단 하루만이라도 부모님의 은혜에 감사하는 마음을 가져보라는 것이니 괜찮은 날인 것 같다.

그런데 며칠 전부터는 어버이날을 잊고 있었다. 이미 우리 부모님은 시골에서 올라오셔서 며칠 묵고 가셨기 때문인 것 같다. 어쩌다 한 번씩 강한 존재감을 드러내는 아내가 어머님께는 봉투를 드렸고 아버님께는 영양제를 놓아드렸다. 이제는 80의 노구를 감추지 못하고 한겨울 사시나무처럼 바싹 마르셨기에 주사 아줌마를 불러서 몇 시간 영양제를 놓아드렸더니 참 좋아하셨다. 사실 영양제를 맞아서 좋은 것이 아니라 당신한테 관심을 가져준다는 자체가 기분 좋다고 말해야 옳을 것이다.

'주사 아줌마'라는 직업은 불행한 전직 대통령 때문에 세상에 널리 알려졌지만 내게는 오래전부터 익숙한 사람이었다. 아이들 시험 기간에 꽤 여러 번 불러서 놓아주었기 때문이다. 그런데 아버님께는 난생처음이었기에 조금은 죄송스런 마음도 들었다. 옛날부터 내리사랑이라는 말이 있듯이 내 자식들에게는 수차례 놓아주었던 영양제를 80이 되어서야 처음으로 놓아드리다니 참으로 무심했다는 생각이 들었다. 어버이날이라고 가슴에 꽃 달고 앉아서 골골대면 무슨 소용이 있고 걸음도 제대로 떼지 못하면서 새 옷 입고 앉아 있으면 무슨 소용이 있겠나 싶었었다.

그렇게 내 임무는 끝냈으니 어버이날이 언제인지 까맣게 잊고 지낸 것이었다. 잠재의식 속에 어버이날은 나이 드신 분들에게만 해당된다고 생각했었던 것일 수도 있다. 그러나 나도 이제 챙겨 받을 나이가 되었다는 것을 오늘 딸들이 문자를 보내와서 알았다. 오늘이 어버이날인데 평일이라 꽃 달아주러 가지 못해서 죄송하다는 내용의 문자들이었다. 그래서 아이들이 미안해하는 마음을 조금이라도 상쇄시켜주려고 짧은 시로 답장을 해주었다.

옷깃에 단 꽃은
돌아서면 시들지만,

마음에 달아준 꽃은
보아주는 이 없어도
영원히 시들지 않는다네.

그대들 품은 꿈이
감추어진 꽃봉오리요,

그대들의 꿈이 실현되는 것이
활짝 피어나는 꽃과 다르지 않다.

혹한을 견딘 매화가 향기롭고 아름답다 해도
그대들에게는 차마 견주기 어렵다네.

멀리서 바라보아야 아름다운 도화꽃처럼
그대들 또한 멀리서 바라봄으로 족하지
굳이 가까이 다가와야 그 맛이 더하겠는가.

어머니날에서 어버이날로 명칭을 변경하면서 두 배의 가치를 부여했으니 기왕이면 달력에도 빨간 날로 색칠해서 휴일로 지정해주면 좋겠다. 어린이날이나 부처님 오신 날 그리고 예수님이 오신 날은 모두가 공휴일이다. 그런데 이 세상에 어버이가 어디 하나둘인가. 그림자가 물체를 따르듯 자식은 부모의 등을 바라보며 자란다. 모두가 앞으로만 달려가느라 하나뿐인 부모님은 항상 뒷전으로 밀려나는 것 같아서 좀 쓸쓸하다. 이 세상의 어버이들도 하루쯤은 존중받으며 귀하게 여겨져도 전혀 부족하지 않다고 생각한다.

물론 어버이날 하루를 공휴일로 지정한다고 해서 팍팍한 사회가 온정이 넘치는 사회로 뒤바뀌는 것도 아니고 불행한 가족이 행복한 가정으로 바뀌는 것도 아니다. 하지만 내가 내 부모를 귀하게 여기고 자식은 또 그 부모를 중시하는 것은 세상을 바르게 하는 밑바탕이 되는 것이다. 공자는 "부모에게 효도하고 형제간에 우애 있게 지내는 것은 사람답게 사는 일의 근본이다."라고 말했으니 너무도 당연한 말 같지만 오늘 어버이날을 빌려 다시 한번 되새겨본다.

소처럼 느리게

땅에 뿌리를 내려서 영양분을 흡수하고 또한 엽록소가 있어서 스스로 광합성을 하며 살아가는 식물의 종류는 지구상에 헤아릴 수 없이 많다. 생태계를 구성하는 가장 근본이 되는 그들은 크게 다년생과 일년생으로 구분된다.

다년생인 나무는 자신의 몸을 더 튼실하게 유지하기 위해서 뿌리를 더 깊고 넓게 내리고 그 몸통은 한 살 한 살 나이테를 더하며 쉬지 않고 몸집을 불려나간다. 그들은 지혜롭게도 세찬 비바람을 자양분으로 삼고 인간이 춥다고 엄살을 떠는 겨울을 휴식기로 지내면서 오래 산다.

일년생인 식물은 봄에 싹이 틔우자마자 뿌리와 줄기와 잎이 서로 경쟁이라도 하듯이 함께 성장한다. 그렇게 몇 개월에 걸쳐서 급성장을 하고 잠시의 성숙기를 거치고는 이내 사라지고 만다. 그러나 그렇게 하찮은 것 같은 일년생들의 변화에도 언제나 일정한 법칙이 있으며 사계절이 변화무쌍한 것 같아도 늘 똑같이 반복한다. 옛 성현들이 한목소리로 세상의 만물들을 귀하게 여기고 자연의 섭리를 자세히 살피며 그 속에서 가르침을 얻고 깨우치라고 한 것은 그러한 이치가 자연 속에 담겨 있기 때문인 것 같다.

얼마 전 늦은 오후 도심 속의 숲길을 산책하다가 잠시 벤치에 앉았는데 조금 멀찍한 옆자리로 할머니 세 분이 오셨다. 목소리가 얼마나 큰지 같이 앉아서 대화하는 것 같았다. 자세히 보니 어디 아픈 데도 없고 집안에도 큰 우환 없이 소소한 행복을 누리며 사시는 분들 같았다. 그냥 평범한 일상생활에 대한 이야기를 주고받는 것인데 무슨 국정 토론회라도 하듯이 자못 진지하여 속으로 웃음이 나왔다. 어떤 할머니가 그랬다. "아무개 언니는 얼마 전에 자다가 죽었대." 그러자 다른 할머니가 그랬다. "아이구, 그 할멈 복도 많네. 나도 그렇게 가야 하는데."

잠을 자다가 자신도 모르고 남들도 모르게 죽는다는 것이 무엇을 의미하는 것일까? 생각해보니 병이 없어서 앓지 않았으니 고통 없이 편안하게 자신의 명을 다하고 갔다는 말이다. 그리고 자신에게 주어진 수명을 다했다는 것은 결국 장수를 했다는 것이다. 그러니 돌아가신 할머니의 경우에는 자손들이 '숙환으로 별세를 하셨다'고 부고를 냈을 것이다. 망인의 천명을 자랑하고 자식들의 체면도 세워주는 것이니 세상에서 가장 보기 좋고 멋진 부고장이다.

물론 병 없이 오래 사는 것을 인생의 최대 목표로 설정하고 그것이 행복이라고 정의할 수는 없다. 그러나 같은 값이면 다홍치마라고 단 한 번 살다가 가는 인생인데 벽에 통칠할 정도만 아니라면 병 없이 오래 살다가 죽는 게 나쁜 일은 아니라고 생각한다. 마치 서두르지 않고 천천히 오래 사는 다년생 나무처럼 말이다.

나무도 그렇고 수풀도 그렇지만 그 씨앗이 어디에 떨어지고 어떤 환경 속에서 자라게 되는지를 사람으로 미루어본다면 팔자소관이고 인연에 따른다고 볼 수 있다.

소나무 씨앗이 냇가에 떨어지면 잘못된 인연을 만나는 것이지만 버드나무 씨앗이 냇가에 떨어지면 좋은 환경과 인연을 만나는 것이다. 사람의 운명도 누구를 만나느냐에 따라서 자신의 의사나 의지와는 무관하게 운명이 결정된다. 그릇된 만남은 자신을 막다른 길로 가게 할 수도 있고 파멸을 불러올 수도 있다. 하지만 올바른 만남은 마치 험난한 길 위에 있는 나를 고속도로처럼 편하고 빠른 길로 안내해주기도 하고 때로는 자신의 능력을 최대한 발휘할 수 있도록 도와줘서 보람 있는 인생을 살게 해주기도 한다.

한 그루 사과나무에서도 모두 다 똑같은 사과만 달리는 것이 아니다. 큰 것도 있지만 썩어서 상한 것도 있고 작지만 품질이 좋은 것도 있다. 좋은 사과를 썩은 사과와 함께 담으면 모두가 빨리 상하게 될 수도 있지만, 썩은 사과가 좋은 사과와 함께 담기면 더불어 비싼 몸값을 받기도 한다.

삶의 방향을 두고 불가에서는 "만사가 인연에 따른다"고 하고, 유가에서는 "처지에 따라 마땅하게 행동한다"고 한다. 처지에 따른다고 하는 것은 자기 분수에 맞게 산다는 것이니 그것은 곧 세상을 원만하고 편안하게 사는 방법이다. 인연에 따른다고 하는 것은 누구를 만나서 함께 가느냐에 따라서 자신의 인생이 달라진다는 의미도 있고 더불어 수용해야 한다는 의미도 함께 내포되어 있으니 잘 해석하고 받아들여야 한다.

살다 보면 어떤 친구나 이성이 다가와도 자신이 거부하고 인연을 맺지 않으면 그걸로 그만인 경우도 있지만 때로는 거부할 수 없는 인연도 있다. 예를 들자면 자신의 형제자매가 결혼을 하여 새로운 식구가 생겼는데 그 배우자가 내 마음에 들지 않는다고 형제자매와 인연을 끊을 수는 없기 때문이다. 그렇다고 그냥 받아들이기에는 꺼림칙하고 기분이 좋지 않으니 원만한 관계가 될 수 없다. 그러나 세상의 모든 일에는 차선책이라는 게 반드시 존재한다.

고사성어 중에 '불가근불가원(不可近不可遠)'이라는 말이 있다. 너무 가까이하지도 말고 너무 멀리하지도 말라는 뜻으로 삼성의 창업주인 이병철 회장이 경영철학으로 삼았던 말이기도 하다. 썩은 사과처럼 보인다면 가까이 다가가지 말아야겠지만 그렇다고 인생살이 피곤하게 십 리 밖까지 물러나 있을 필요도 없는 것이다. 겉으로 드러나지 않도록 적당한 거리를 두고 지낸다면 도움이 될 것도 없지만 그다지 손해를 볼 것도 없기 때문이다. 세상을 살면서 가끔씩은 꼭 필요한 사람이기도 하지만 또한 위험한 사람이라는 생각이 들어서 불안할 경우에는 적절한 처신이자 방법이라고 생각한다.

지나간 20세기는 현재의 21세기에게 역사의 배턴을 넘겨주면서 세상에 존재하지 않았던 컴퓨터라는 엄청난 선물을 안겨주고 갔다. 그 덕분에 21세기는 빠른 속도로 변화하고 발전하면서 인간은 그 것을 따라가기조차도 바쁘다. 그래서 그런지 우리는 시작과 끝 그 리고 원인과 결과만 생각하는 단순한 사람이 되어가고 있다. 그러 나 일련의 과정이 생략된 결과나 끝은 있을 수 없기 때문에 과정은 매우 중요한 것이다. 예를 들어 연애를 할 때도 주변에서 "눈에 콩 깍지 씌었다"는 말을 할 정도로 첫눈에 반하여 과정은 생략하고 결 론에 도달하려고 한다. 그래서 아주 짧은 기간에 십년지기, 이십년 지기처럼 가까워지는 경우를 우리는 주변에서 흔히 볼 수 있다. 오 색 빛 찬란한 일곱 색깔 무지개도 잠시뿐이듯이 어느 순간 콩깍지 는 벗겨지고 사람을 제대로 보게 된다. 그때 가서 후회할 일이 생기 게 된다면 이미 돌이킬 수 없거나 돌이키게 될 경우에는 많은 것들 을 잃어야 하는 처지에 놓이게 된다. 그것은 장점도 단점도 모두가 비단옷에 가려진 것처럼 매한가지로 보였고 자기가 보고 싶은 것만 보았기 때문이다. 또는 장점이 너무 커 보여서 단점은 전혀 문제가 되지 않을 것이라고 생각해서 그랬을 수도 있다.

사람은 누구나 자신의 입장에서 자기가 편한 대로 생각하려는 경 향이 있다. 그뿐만이 아니라 그것이 아니라는 것을 자각했음에도 불구하고 쉽사리 인정하지 않으려는 경향도 강하다. 그래서 처음부 터 쉽게 결론을 내리려고 하지 말고 객관적인 입장에서 하나하나 알 아가는 과정이 반드시 필요하다. 누구나 주변을 돌아보면 내가 하려 고 하는 일에 대해서나 내가 가려고 하는 길에 대해서 아는 사람이 반드시 있다. 잘 아느냐 어렴풋이 아느냐의 차이만 있을 뿐이다. 그들에게 자문을 구하는 것이 가장 현명한 처세라는 것은 두말할 것도 없다.

조급한 결정은 일년생 식물이 몇 달 동안 훅 자랐다가 이내 시드는 것과 같다. 그래서 우리는 다년생 나무처럼 묵묵하게 긴 시간을 가지고 뿌리를 내리면서 가지를 뻗고 충분한 양분을 공급해야 건강하게 오래갈 수 있다는 것을 알아야 한다.

"자연만큼 뛰어난 스승은 없다. 우리는 그 품에 안기기만 하면 된다."고 가르친 법정의 말이 생각난다. 가끔씩 바쁜 일상에서 벗어나서 홀로이 자연과 마주해보는 시간을 가져보자. 장소는 산도 좋고 바다도 좋지만 여의치 않으면 집 주변의 작은 공원이나 뒷동산도 상관없으며 사계절 어느 때나 다 좋다.

행복한 날

지난 추석 연휴에 집에 내려온 큰딸이 결혼을 해야겠다고 했다. 그것도 두 달 후에 했으면 좋겠다고 날짜까지 못박았다. 꾸중 맞을 생각은 물론 밀어붙일 각오까지 아예 단단히 하고 온 것 같았다.

딸 셋 중에서도 특히 큰딸은 엄마나 아빠한테 반기를 들어본 적도 없었고 말 잘 듣고 착하기만 한 딸이었기에 도리어 긴장이 되었다. 그러나 결혼이 무슨 소꿉장난도 아니고 이듬해에 고려해보기로 잠정적인 의견 일치를 본 것도 얼마 안 되었기에 당황스럽기만 했다. 혼수를 장만하고 결혼식을 치를 만한 준비도 되어 있지 않았을뿐더러 마음의 준비도 전혀 되어 있지 않았기 때문이다.

큰딸과 결혼을 전제로 교제하던 예비 신랑감이 집에 인사도 하러 왔었고 등산도 함께 갔었기 때문에 대충은 파악이 되는 상대라서 그나마 다행이었지만 어이가 없기는 마찬가지였다. 벌써 우리 딸이 결혼할 때가 되었고 사위를 볼 때가 되었구나 하는 생각도 들면서 만

감이 교차하였다.

　그날 밤에 큰딸은 물론이고 다른 가족들도 잠을 자는 둥 마는 둥 하였는데 새벽 6시도 채 안 돼서 사윗감이 집으로 찾아왔다. 순간 적으로 화도 나고 밉기도 하였지만 그래도 다른 가족들 앞에서 체 면은 지켜줘야겠다는 생각이 들어서 공원으로 데리고 나가서 싫은 소리를 좀 하고 들어왔다. 그리고 두 사람에게 숙제를 주었다. 결혼 식은 어디서 어떤 식으로 할 것인지 당장 살 집은 어떻게 할 것이며 맞벌이를 하면 가사 분담과 육아는 어떻게 할 것인지 등등을 상의 해서 답을 가져오라고 했다. 둘이 방으로 들어가더니 평생 함께 살 아갈 계획서를 단 30분 만에 가지고 와서 내밀었다.

　스피드 시대라고 하더니 요즘 젊은이들 참으로 빠르고 명쾌했다. 들어보니 미리 계획하고 있던 것들이라서 현실성도 있고 합리적이 다 싶어서 다른 것은 다 묻어두고 결혼을 승낙하였다. 두 사람이 서 로 간에 진심으로 좋아하는 것 같았고 어느 한쪽이 크게 잘나거나 기우는 것도 아니었기에 어느 정도 맞는 짝인 것 같기는 했다. 그러 니 애초부터 양가 부모의 의사를 묻고 허락을 받는 건 형식에 불과 한 것이었다.

　불과 열흘도 안 되어서 예식장을 계약하고 큰딸의 직장 근처로 집도 계약하였으며 양가의 상견례 날짜도 잡았다. 번갯불에 콩 구 워 먹는다는 속담이 있듯이 모든 게 속전속결이었지만 그래도 빈틈 없이 일처리하는 두 사람의 모습에 마음이 한결 가벼워졌다. 폐백 이나 함 같은 모든 구습은 물론 양가에 예단을 주고받는 허례허식

소제목 느린 걸음으로

도 일체 생략하기로 하였다. 그리고 요즘 추세대로 주례 대신 양가 부모가 성혼선언문을 낭독하고 덕담을 하는 것으로 했다.

근래 들어서 의식이 있는 많은 사람들이 작은 결혼식을 추구하며 건전하고 검소한 결혼식을 치른다는 얘기를 들으면서 참 좋은 추세라고 생각했었다. 그래서 오늘은 결혼식장에서 덕담으로 건네주고 싶은 이야기들을 정리해보기로 했다. 어린 시절부터의 성장 과정이나 감성적인 말을 많이 하면 눈물이 날 것 같아서 다 제외하고 당부의 말로만 적었다.

"오늘만큼은 누구보다도 멋있고 아름다운 신랑과 신부에게 서로 싸우지 말고 사이좋게 살라는 말은 하지 않겠습니다. 제가 이 자리에서 싸우지 말란다고 안 싸우고 살겠습니까? 서로 아끼고 사랑하라는 말도 하지 않겠습니다. 이 또한 여기 있는 신랑 신부가 알아서 할 일이지 부모가 간섭해서 될 일이 아니기 때문입니다. 또한 부지런히 벌고 알뜰하게 모아서 큰 부자가 되라는 말도 하지 않겠습니다. 돈이라는 것은 꼭 필요한 만큼만 있을 때 행복지수가 가장 높다는 연구 결과도 있습니다. 조금 더 욕심을 부린다면 필요 충분한 만큼만 있으면 됩니다. 평생을 돈의 노예가 되어서 살지 말라는 말입니다. 그래서 저는 오늘의 주인공인 신랑 신부에게 단순하고 사소하지만 평소에 제가 가장 멋있게 사는 방법이라고 생각해왔던 세 가지만 당부를 드리고 싶습니다.

먼저 서로에게 져주고 사시라는 말씀을 드리고 싶습니다. 양보도 져주는 데서 나오고 배려라는 아름다운 행동도 져주는 데서 비롯되며 가정의 행복도 져주는 데서 시작됩니다. 성경에 나오는 하느님의 말씀을 짧게 요약하면 서로 사랑하라는 것입니다. 불경에 나오는 부처님의 말씀을 단 두 글자로 요약하면 자비입니다. 결국 사랑도 자비도 져주는 데서 비롯되고 완성되는 것입니다. 그러니까 서로 져주고 사십시오.

둘째, 비교하지 마십시오. 꼴등하던 우리 아이가 어느 날 10등을 해 와서 밤새 기분이 좋았는데 옆집 아이는 1등을 했다네, 10년 만에 방 두 칸짜리 아파트 하나 장만해서 단꿈을 꾸고 있는데 누구네는 펜트하우스 간다네, 타워팰리스 간다네, 이런 비교하지 말고 사시라는 것입니다. 하루 종일 일하고 파김치가 돼서 퇴근하는 내 남편을 동방신기하고 비교한다거나 파자마 바람에 기저귀 가는 내 아내를 설현이와 비교하거나 수지와 비교한다면 그거 무슨 살맛이 나겠습니까? 세상의 모든 만물이 각자 쓸모가 있듯이 사람 또한 나름대로의 가치가 있고 향기가 있습니다. 그러니까 비교하지 말고 그런 걸 발견하는 재미로 사십시오.

마지막으로 베풀고 사시라는 말씀을 드리고 싶습니다. 두 분도 잘 아시다시피 베푼다는 것은 꼭 물질이 동반돼야 하는 것은 아닙니다. 진실된 말과 행동으로 할 수 있는 위대한 방법도 있습니다. 내가 먼저 받은 다음에 주는 것은 품앗이지 그것은 베푸는 것이 아닙니다. 아무런 이유 없이 조건 없이 그냥 주는 거, 그것이 진정 베푸는 삶입니다. 노자의 『도덕경』 81장에 보면 "처음부터 다른 사람에게 베풀고 살았는데, 자기 자신에게는 점점 더 많은 것이 남더라"는 말이 있습니다. 그러니까 인연을 맺은 모든 사람들과 알지 못하는 뭇 사람들에게도 베풀고 사십시오.

　이상으로 제가 세 가지 말씀을 드렸습니다. 져주고 사시라. 비교하지 마시라, 그리고 베풀고 사시라는 것인데 혹시 이 세 가지의 공통점이 무엇인지 아십니까? 첫째, 비용이 들지 않습니다. 둘째, 시간도 들지 않습니다. 셋째, 무조건 남는 장사라는 것입니다. 그저 한 생각 바꾸면 되는 것입니다. 그러나 살다 보면 한 생각 바꾼다는 것이 산을 옮기는 것보다도 더 힘들고 어려울 때도 있을 것입니다. 그럴 때 서로가 서로를 부축하고 격려하면서 헤쳐나가십시오. 그래서 부부가 필요한 것이기도 합니다.

　『주역』에 보면 '이인동심 기리단금 동심지언 기취여란(二人同心其利斷金同心之言其臭如蘭)'이라는 말이 있습니다. 즉 두 사람의 마음을 합치면 금속도 가를 수 있고, 같은 마음에서 우러나는 말은 그 향기로움이 난초와 같다는 말입니다. 이제 오늘 두 사람이 서로 같은 꿈을 품고 같은 곳을 바라보며 함께하는 삶의 모든 순간순간마다 축복이 가득하기를 기원하겠습니다. 오늘의 주인공이신 신랑 신부 그리고 이 자리에 계신 모든 여러분 사랑합니다."

맞벌이의 조건

사람이 살면서 삶에 꼭 필요로 하는 것이 있는가 하면, 있어도 되고 또 어떤 것은 없어도 되는 것들이 있다. 삶을 지탱하기 위해 가장 기본적인 요소인 의식주 중에서 옷이 없거나 끼니를 거르는 시대는 이미 지나갔으니 두 번 생각할 것도 없이 주거 공간이 필요하다.

1990년대부터 집값이 물가 상승률이나 임금 상승률을 추월하여 가파르게 상승하다 보니 대다수의 서민들이나 이제 갓 사회생활을 시작하는 신혼부부들의 입장에서는 집 한 채 장만하는 것이 이제는 인생의 최대 목표가 되었다. 매우 잘못된 정치인과 우매한 정부 정책이 빚어놓은 사회현상인데 마치 맷집이 생긴 것처럼 이제는 모든 사람들이 거부감 없이 당연하게 받아들이는 현실이 되었다.

누구나 뚝딱 아파트 한 채 사가지고 인생을 출발할 수 있다면 얼마나 든든하고 좋을까 생각도 해보지만 현실과 괴리가 있으니 헛된 망상일 뿐이다. 또한 능력 있는 부모의 지원을 받아서 집을 장만하고 출발하는 신혼부부도 있지만 그것은 극소수에 불과하니 넋 놓고 마냥 부러워할 것도 없다.

아주 옛날도 아닌 우리네 부모들 세대에만 해도 자식이 결혼을 하면 텃밭에다 흙벽돌로 손수 집을 지어주기도 하고 소 먹이고 돼지 기르던 헛간에 구들장 놓고 벽지 발라서 신혼 방으로 내어주기도 했기 때문에 집이나 방 같은 주거 공간은 전혀 문제가 되질 않았었다. 그러나 현재의 도시에는 전셋집은커녕 월셋방 얻을 보증금조차도 없어서 결혼을 미루거나 포기하는 젊은이들이 부지기수로 속출하고 있다고 하니 참으로 안타깝고 가슴 아픈 현실이다.

오로지 사랑 하나만을 전 재산으로 삼고 용감하게 시작한 신혼부부의 입장에서는 어떻게 하면 집도 장만하고 또 경제적으로도 자립할 수 있을지 심각하게 고민해보지 않을 수 없다. 대부분이 결혼하고 10년 전후에 첫아이가 초등학교에 입학한다. 그때까지가 경제활동도 왕성하게 할 수 있고 거주의 이동도 자유로우며 보육 문제를 해결해줄 0세 어린이집부터 종일반 유치원까지 있으니 맞벌이하기에도 가장 좋은 시기라고 볼 수 있다. 더욱이 육아나 교육 비용도 가장 적게 들어가는 시기이므로 돈을 모으고 자립하기에도 좋은 때라고 생각한다. 일부에서는 아이 키우기 너무 힘들다고 볼멘소리를 하기도 하지만 최소한 초등학교 입학 전까지는 우리나라의 육아에 대한 지원 정책이 선진국 수준을 넘어서 매우 잘돼 있다고 본다.

그러나 아이가 초등학교에 입학하고 고등학교 졸업할 때까지는 거주 이동이 쉽지가 않을뿐더러 허리가 휠 정도로 엄청난 사교육비를 감당해야 한다. 물론 전학을 시키면서 학습 진도를 맞추고 새로운 친구들과 적응하는 수고와 혼란을 감수한다면 못할 것도 없고 홑벌이가 됐든 맞벌이가 됐든지 간에 사교육 비용을 가볍게 짊어지고 갈 수 있다면 그 또한 문제가 될 것이 없다. 그러나 우리가 살아가야 하는 세상은 그렇게 녹록하고 만만한 장소가 아니다.

2018년 통계자료를 보면 우리나라의 평균 결혼 연령이 여자는 30세 남자는 32세라고 한다. 그러니 그로부터 10년 후인 40~42세까지가 내 집을 장만하고 경제적으로도 어느 정도 자립할 수 있는 시기라고 본다. 이 기간에 10년 정도 맞벌이하면 가계에도 큰 보탬이 되고 여성도 자기 자신의 역량을 마음껏 발휘해볼 수 있다.

현재 결혼 적령기인 25세~35세 젊은이들은 평균 유치원 2년, 초등학교 6년, 중고등학교 6년, 대학교 4년, 합산해보면 무려 18년이라는 길고도 먼 교육과 학습 과정을 거쳐 왔다. 그런데 단지 여성만이 독박 육아라는 틀에 갇혀서 오랜 시간 어렵게 배운 지식을 써먹어보지도 못하고 사회와 분리되고 경력마저 단절되는 삶을 살아가고 있으니 개인은 물론 국가적으로도 엄청난 손실을 감내하고 있는 것이다.

그러나 방법이 전혀 없는 것은 아니다. 남성도 여성과 동등하게 육아와 가사를 분담하면 된다. 그것이 선행되고 수반되지 않는다면 맞벌이는 수수께끼 같은 이야기가 된다.

최고 수준의 복지국가라고 하는 스웨덴의 출산율은 2%에 육박한다. 우리나라의 두 배 수준인데도 여성의 사회 참여율은 OECD 국가들 중에서 최고 수준이다. 이거야말로 우리 모두가 대서양 건너로 박수를 보내고 부러워해야 할 일이다. 무엇이 그것을 가능하게 만들었을까? 여러 가지 요인들이 있겠지만 한 가지만 예를 들어보자면 스웨덴은 남성이나 여성이 육아 휴직을 하려면 그 배우자가 의무적으로 60일 이상의 배우자 육아 휴직을 사용해야 가능하다고 한다. 부부 모두가 아이도 키워보고 가사일도 해보라는 것이다. 그래야만 남성도 육아로 인한 애로 사항을 체험하면서 어려움을 인식할 수 있다는 취지이다. 우리나라의 정책입안자들을 보면 다른 나라의 다른 제도들은 낯뜨거운 줄 모르고 따라하면서 절실하게 필요한 보육 정책은 왜 모방하는 게 어려운지 모르겠다.

우리나라처럼 집이 없어서 결혼을 미루거나 포기하는 나라는 한마디로 미래가 없다. 축복받아야 할 육아가 인생의 걸림돌이 되어서 출산을 미루거나 포기해야 한다면 국가가 존재할 이유가 없는 것이다. 그러나 세상사 모두 길이 있듯이 방법이 없는 것도 아니다. 과감한 발상의 전환과 사회적 합의만 있으면 된다. 국가는 그린벨트를 훼손하고 산을 깎는 한이 있더라도 아파트 부지를 마련하여 주거 공간이 필요한 신혼부부에게 소형 임대아파트를 공급해주고 기준 금리 수준의 임대료를 받으면 된다. 그리고 단지 안에는 수요를 예측한 보육 시설을 충분히 확보하여 번호표 안 뽑고도 아이들이 보육을 받을 수 있어야 한다. 그래야만 사랑하는 사람이 있으면 결혼을 하고 마음 놓고 아이도 낳고 맞벌이도 할 수 있어야 개인도 살고 국가경제도 살아난다.

　근본적인 대책은 강구하지 않고 첫아이를 낳으면 얼마를 주고 둘째를 낳으면 또 얼마를 주고 몇 살까지는 매월 얼마를 준다느니 하면서 낚시미끼 던져주는 식의 어리석은 출산 장려 정책을 실시해봤자 아무런 소용이 없다. 푼돈 몇 푼 받으려고 아이 낳는 사람은 아마 단 한 명도 없을 것이다.

　또한 남성들도 이제는 가사나 육아가 오롯이 여성의 몫이라는 구시대적인 발상에서 깨어나서 내 가정이 행복해야 나도 행복할 수 있다는 것을 자각해야 한다. 그렇게 함께 참여하고 함께 누리는 것이 진정한 남녀평등의 출발점이라는 것을 알아야 한다. 나는 오늘도 워킹맘이 행복해서 국가 전체가 행복해지고 잘 살 수 있기를 희망해본다.

가족관계증명서

가족하면 떠오르는 것은 포근하고 정겨운 마음의 고향 같은 곳이다. 향기는 된장찌개처럼 구수하고 청국장처럼 담백한 맛이 나지 않을까 생각해본다. 사실 수없이 많은 관계 중에서 가족이라는 대상만큼 깊은 정을 자아내는 말과 단어는 지구상에 존재하는 약 7,000개의 언어와 약 40개의 문자 어디에도 흔히 없을 것이다.

당연한 것이지만 가족은 부부의 인연으로 시작해서 부모와 자식 간의 인연으로 이어지고 형제자매의 인연도 생기면서 천륜이 비로소 시작된다. 부부, 부모, 자식, 형제자매가 바로 가족관계증명서에 명명백백하게 등장하는 인물들이다.

부부는 서로 모르는 남녀가 만나서 한 쌍을 이루지만 어떤 관계보다도 서로의 만족도가 높은 편에 속한다. 나는 평지가 많은 충청도에서 아내는 산 높은 강원도에서 태어나서 자랐지만 지금은 경기도의 작은 도시에서 만나 가족이라는 둥지를 틀었다. 여느 부부가 그렇듯이 주변에서 흔하게 볼 수 있는 전형적인 모습이지만 하나하나 얽혀진 사연들을 따지다 보면 보통 인연은 아닌 것 같다.

모르는 남녀가 만나서 짝을 이루고 결혼을 하지만 사실 결혼은 두 사람만의 결합이 아니다. 양가의 부모 형제나 일가친척들이 또 하나의 가족이 되고 심지어는 신혼살림이라는 가전제품들과 온갖 생활용품들도 함께 만난다. 그리고 세월이 흘러 어느 순간 되돌아보면 결혼할 때 만나서 손때 묻고 정들었던 살림살이들은 모두 바뀌어 있지만 부부만큼은 바뀌지 않고 남아 있다. 결국 그것은 좋으니 싫으니 하면서도 물건처럼 바꿀 수 있는 대체재가 없었거나 서로가 필요한 소중한 존재라서 어쩔 수 없었다고 볼 수밖에 없다.

그렇게 한 토막의 단막극이 끝난 것처럼 분주하고 치열했던 삶의 무대에서 내려와보니 주변의 모든 일들이 조용해지고 예전에는 몰랐던 사소한 일상 속에서도 깊은 고마움이 느껴진다.

부부의 일생에서 가장 큰 업적은 명성을 쌓거나 재산을 모아놓은 것이 아니라 자식을 낳고 기른 것이다. 그 자식은 세상에서 제일 가까운 1촌으로 나 자신의 분신이다. 그렇다 보니 부모는 자식을 위하여 기꺼이 목숨까지도 내놓을 수도 있고 어떠한 희생도 감수할 수 있게 되는 것이다. 물론 자식들도 부모를 위해 자신을 희생하면서 효도를 다했던 사례는 수도 없이 많다.

태초 이래 태평성대가 언제였느냐고 물으면 모든 역사학자들이 요순시대를 꼽는다. 순임금은 요임금의 사위였고 순임금의 친아버지는 변변한 농사꾼이었는데 그 당시 유명한 일화가 있다. 국빈으로 머물던 선사가 순임금에게 물었다. "만약에 임금님의 친부께서 살인을 했다면 법대로 사형을 시키시겠습니까?"

그러자 순임금이 얼른 답변을 못 하고 한참을 망설이더니 "정녕 그렇다면 나는 야밤을 틈타 아버지를 업고 강을 건너겠소."라고 비장하게 답변을 했다.

당시에도 살인을 하면 사형이라는 엄격한 법이 있었던 것 같다. 선사는 "역시 듣던 대로 순임금님이십니다. 법도 정의도 바로 그 속에서 나오는 것입니다."라며 무릎을 꿇고 예를 올렸다고 한다.

이 시대를 바쁘게 살아가는 대부분의 자식들은 현실적으로 순임금처럼 따라 하기가 어려울 것이다. 그렇지만 후미진 가슴 한구석에라도 고이 담아두고 살아가야 할 교훈이다.

오늘날 우리는 부모가 꾸짖으면 화를 내며 대들어도 자식이 대들면 마치 성인이라도 된 듯이 받아들인다. 늙은 부모가 코를 흘리면 더럽다고 하지만 어린 자식이 똥을 싸면 밀가루 반죽 만지듯이 아무렇지도 않게 치워준다. 부모에게 몇 푼의 용돈을 줄 때는 세고 또 세면서도 자식의 손에는 지갑을 통째로 쥐여줘도 아깝지가 않다. 부모의 잘못을 탓할 때는 똑똑해지면서도 자식의 잘못을 꾸짖을 때는 부처나 예수가 된다. 자식은 능력이 부족한 부모를 원망하지만 부모는 능력 없는 자식을 아무렇지도 않게 받아들이며 캥거루족을 자처하고 나선다.

그러니 부모와 자식의 관계는 내리사랑이라는 옛말이 있듯이 흐르는 물처럼 아래만 바라보며 쉬지 않고 내려가는 시냇물과 같다. 내 부모가 내게 그렇게 했고 나는 내 자식에게 그렇게 하고 있으며 내 자식은 또 그들의 자식에게 그렇게 할 것이다. 그래도 그런 일방적이고 조건 없는 사랑이 존재하기 때문에 끈끈한 가정이 매일매일 생겨나고 그를 바탕으로 건강한 사회가 유지되면서 모두가 훈훈한 삶을 영위하고 있다는 것은 부정할 수 없는 사실이다.

형제는 부자지간에서 겨우 한 발짝 더 간 2촌이지만 촌수로 비례해 보았을 때에는 한참 먼 것 같다. 『논어』에 "부부는 의복과 같고, 형제는 수족과 같다."는 말이 있다. 즉 옷은 낡거나 찢어져도 새로 장만하면 되지만 손발은 끊어지면 다시 이을 수 없다는 말이다. 그렇지만 오늘날 현대사회에서 형제지간이 부부의 관계보다 더 소중한 존재라며 비교 분석할 수는 없는 노릇이다. 아마 『논어』의 말은 공자가 살던 2,500여 년 전에도 형제지간에 다툼이나 반목이 많았다는 반증이며 따라서 이를 경계하기 위한 교훈이라고 보는 게 맞을 것 같다.

요즘 형제자매들의 관계를 들여다보면 서로가 어렵게 살고 있거나 공통의 목표가 있을 때에는 잘 뭉치고 우애 있게 사는 것처럼 보인다. 그러나 제 등 따시고 제 배 부르면 가까운 이웃만도 못하게 지내는 경우도 적지 않다. 그러다가 형제 중 하나가 심하게 잘못되거나 아예 세상에서 떠나고 나면 그때서야 후회하며 그리워한다. 〈있을 때 잘해〉라는 노래가 한때 많은 인기를 얻었던 것도 사람들이 암묵적으로 공감하고 있었기 때문이다.

1980년대 신군부가 등장해서 민심 전환용으로 프로야구 창단과 이산가족 상봉이라는 카드를 썼다. 당시의 군사정부로서는 등 돌린

민심을 회복하려고 궁여지책으로 만들었지만 훌륭한 작품이라는 사실만은 누구도 부인할 수 없다. 1983년 이산가족 찾기 행사는 10만여 명이 신청하였고 1만여 명의 이산가족이 서로 상봉하면서 온 나라를 울음바다로 만든 감동의 드라마였다. 특히 1만여 명의 재회를 분석해보면 부자 상봉이나 모자 상봉보다는 형제자매의 상봉이 압도적으로 많았다. 왜냐하면 부모 세대 중에는 6·25전쟁 중에 사망한 사람이 많았고 당시에도 이미 연로한 나이로 자연사한 사람도 많을 수밖에 없었기 때문이다. 특히 부모는 어느 집이나 단 두 명이었지만 자식은 평균 다섯 명을 낳아서 길렀으니 형제자매의 연결고리가 많은 것은 당연한 것이었다. 그런 이산가족 찾기라는 생생한 감동의 드라마는 2015년에 유네스코 세계기록유산에 등재될 정도로 대단했다.

이산가족 찾기 행사에서 보았듯이 형제자매가 눈에 보이지 않을 때는 처자식만큼이나 간절하게 찾으면서도 한번 등 돌리고 나면 차갑고 냉정하기가 남보다 더하다. 상대를 너무나 잘 알기 때문에 우습게 여겨서 그렇다는 게 한 가지 이유이고, 다른 하나는 가까운 사람일수록 시기하고 이겨먹으려는 옳지 못한 습성이 있기 때문이다. 그래서 사촌이 땅을 사면 배가 아프다는 속담이 없어지지 않고 구전되고 있다.

또 달리 보면, 어려서부터 부모나 가족이 주는 것만을 받았었던 공짜 근성과 거지 근성이 잠재의식 속에 살아 있어서 부모형제에게서는 일방적으로 받기만 해야 한다는 잘못된 생각 때문에 그럴 수도 있다. 그래서 그게 잘 안 되면 왜곡된 소설을 쓰는 것 같다.

대부분 형제라는 것은 함께 자랄 때나 2촌이지 배우자가 생기면 한 번 멀어지고 제 자식이 생기면 한 번 더 멀어지는 것이다. 그래서 부모는 조건 없이 내어주지만 형제자매지간에는 그렇지 않은 것이다. 그러나 서로 처자식이 생겼으니 제 식구 부양의 의무도 있고 제 가정을 지키려는 본성도 있는 것이니 모두를 통틀어서 나쁘다고만 치부할 수도 없다.

어느 한적한 오후에 자로라는 제자가 묻는다. "스승님 같으신 분께도 미워하는 것이 있습니까?" 공자가 답한다. "물론 미워하는 것이 있다. 남의 약점을 들추어내는 것, 윗사람을 비방하는 것, 불손한 것을 용감한 것으로 착각하는 것을 미워한다." 『논어』 「양화」편에 실려 있는 말이다. 어느 집안이든 한 사람의 만용과 불손으로 형제간의 의리가 끊어진다면 모든 가족들이 불편하고 불행해지며 나아가서는 사회질서가 어지러워지니 경계해야 할 일이다.

만약에 누가 가족인지 헷갈리는 사람이 있다면 가까운 동사무소에 가서 부모님 이름으로 된 가족관계증명서를 발급받아 볼 것을 권장한다. 그러면 거기에 이건희나 정몽구 같은 사람이 가족으로 안 나와서 좀 서운할 수는 있어도 자신과 가장 가까운 사람이 누구인지는 정확하게 적혀 있을 것이다. 그걸 보면 마치 독감에 걸렸을 때 타미플루만큼의 약발은 없을지라도 따뜻한 물 한잔 마시는 정도의 도움은 될 것이니 한번 가서 발급해보기를 권한다.

버리는 데는 용기가 필요하다

1970년대 냉장고가 국산화되기 직전에, 그래서 시골 마을에는 단 한 대도 없을 정도로 몸값이 귀할 때의 일이다. 친구와 서울 구경을 처음 가보게 되었는데 정말 눈에 들어오는 것마다 으리으리해서 입이 떡 벌어지고 신기루 그 자체를 보는 듯했다.

어디가 어딘지도 모르면서 한나절을 돌아다닌 우리는 배에서 나는 꼬르륵 소리를 듣고서야 배가 고프다는 것을 알았다. 동네 친구는 나이가 꽤나 많은 큰누나가 서울에 살고 있는데 부자라고 늘 자랑을 했었다. 그래서 그 누나네로 밥을 얻어먹으러 물어물어 찾아갔는데 현대식 건물에 물로 내리는 수세식 화장실이 있었고 냉장고가 있었다. 지금으로 치면 한 20평짜리 다세대 주택이었지만 당시에 받은 느낌은 마치 궁궐에 온 것 같았다. 여기저기 구경하다가 냉장고 문을 열어젖혀 놓고 보여주는데 고기와 음료수는 물론 한겨울인데도 과일과 야채 등 시골에서는 구경조차도 못 해본 먹을거리들로 가득했다. 보기만 해도 배가 부르고 서울 나들이 중에서 그 무엇보다도 기억에 남고 가장 놀라운 것이었다. 그만큼 꽉 들어차 있는 냉장고는 그때 당시에 엄청난 부의 상징처럼 여겨졌었다.

그러나 오늘날의 꽉 들어찬 냉장고는 게으름의 상징으로 폄하되고 있으며 과도하게 비만인 사람이 숨을 내몰아쉬는 것처럼 갑갑하게 여겨지기도 한다. 위생 또한 냉장 상태에서는 물론 냉동 상태에서도 식품의 질이 떨어지는 것은 물론이거니와 세균이 번식하고 상태가 변질된다는 것은 대부분의 사람들이 알고 있는 불편한 진실이기도 하다.

그래도 버리기에는 본전 생각이 나서 아깝고 언젠가는 먹겠지 하는 막연한 생각 때문에 쌓아두기도 한다. 때로는 버리는 것보다는 냉장고에 넣는 것이 쉽고 빠르다고 생각하는 게으른 본성이 한몫을 하기도 한다. 그렇게 하나하나 넣다 보니 무엇이 있는 줄도 모르고 어디쯤에 있는지 짐작조차도 하지 못할 만큼 쌓여간다. 그러고는 오늘도 내일도 같은 걸 또 사 오고 또 채워 넣는다.

세 살 버릇 여든까지 간다는 당연한 말이 없어지지 않고 계속 전해져오는 것은 그만큼 한번 밴 습관은 바꾸기가 어렵다는 뜻이다. 그리고 그 습관은 모든 생각과 생활방식에 암세포처럼 스며들어서 일파만파로 퍼져나가는 속성이 있다. 그래서 암 덩어리를 제거하듯이 과감하게 메스를 대거나 표적치료처럼 잘못된 습관을 집중해서 제거해야 한다. 그러나 냉장고 정리는 한번 마음먹기가 귀찮고 힘들어서 그렇지 아주 단순하고 쉽다.

일단은 모두 꺼내보는 것이다. 그러면 유통기한이 지난 것을 비롯하여 반드시 버려야 할 것들이 한눈에 들어온다. 그런 다음 다시 종류별로 정리해서 넣으면 그만이다. 그러면 부피와 무게도 줄어들게 되고 무엇이 어디에 있는지 알게 되니 바로 찾아서 쓸 수 있고 중복 구매도 하지 않게 된다. 요즘은 AI인공지능이 탑재된 냉장고도 나오고 기능성 냉장고도 출시되고 있지만 청결하게 관리되는 냉장고가 제일 좋은 냉장고라고 생각한다.

집 안에 있는 생활용품이나 옷가지들도 마찬가지이다. 멀쩡해서 못 버리고 비싼 거라 못 버리며 언젠가 필요할지도 몰라서 못 버리는 물건들이 생각 이상으로 많을 것이다. 그들이 베란다를 점령하고 각종 서랍이나 수납 공간을 대부분 차지하고 있다. 나중에는 넘치고 갈 곳이 없어서 여기저기 굴러다니며 방치되다 보니 청소를 하고 정리정돈을 해도 늘 어수선하고 지저분할 수밖에 없다. 하나하나 만져보고 또 쳐다봐도 도무지 버릴 것이 없다고 생각하기 때문인데 대개는 1년 동안 사용하지 않은 물건이거나 입지 않았던 옷들이라면 버리거나 분리수거해야 하는 우선순위의 품목들이다.

버려야 할 물건들과 함께 생활을 하다 보니 자꾸만 집이 좁다는 생각이 든다. 그러니까 버리지 않으려면 1년에 집이 서너 평씩은 늘어나야 한다는 결론에 도달하는 것이다.

13억 중국인들의 정신적 지주이자 대문호였으며 베이징대 부총장을 지냈던 지셴린은 "버리지 않고 계속 소유만 한다면 지구는 무게를 견디지 못하고 무너질 것"이라고 표현을 한 적이 있다. 이렇듯

국경을 넘어 각계각층을 막론하고 지구 환경에 대한 목소리가 높아지고 있다. 우리는 대단한 일은 아니지만 쓰지 않는 물건만이라도 재활용할 수 있도록 분리수거를 해준다면 필요한 곳에서 원하는 사람이 잘 쓸 수 있을 것이다.

이러한 일련의 행위들은 몰라서 못 하는 것이 아니라 가지려고만 하는 지나친 소유욕에서 비롯되고 있으며 자기 위주의 편향된 사고방식들이 고착화돼서 그렇다고 본다.

내게 필요치 않은 물건들이 이제는 그것을 필요로 하는 사람들에게 찾아갈 수 있도록 해주는 것이야말로 진정한 나눔의 시작이며 지구의 한정된 자원을 아끼고 소중하게 여기는 밑바탕이 된다고 해도 과언이 아니다. 또한 비우게 되면 쾌적한 공간도 생기고 더불어서 마음이 여유로워지는 즐거움도 보너스로 받게 된다.

『무소유』에서 '무소유란 아무것도 갖지 않는 것이 아니라, 내게 꼭 필요한 것들만 최소한으로 소유하는 것'이라고 정의했다. 살아 있는 생명체들만이 종말이 있는 것이 아니라 숨 못 쉬고 말 못 하는 물건들에게도 언젠가는 변화가 있으며 다름이 있고 다함이 있다. 그래서 유행이 지나거나 더 좋은 대체품이 나오게 되면 그 물건은 생명을 다하게 된다. 그러니 물건도 쓸모가 있을 때 필요로 하는 곳으로 갈 수 있게 해주는 것이 사용자의 마지막 역할이다.

우리네 삶에서도 버리고 비워서 얻는 이득은 참으로 많다. 경우에 따라서는 그 크기를 헤아릴 수 없을 만큼 큰 것도 있다. 인생에서 버린다는 것은 포기하는 것을 의미할 때도 있지만 포기한다는 것은 동전의 양면과도 같아서 무능한 사람이 어떤 일을 지속하지 못하고 아쉽게도 중도에 포기하는 경우도 있고 더 큰 것을 위해서 한 발 물러나거나 전략적으로 양보하는 또 다른 선택일 수도 있다. 그래서 현명한 포기는 실패를 의미하지 않는다. 썩은 동아줄을 놓고 새 동아줄을 잡는 지혜로운 선택이 될 때도 있기 때문이다.

포기는 새로운 시작이 될 수도 있고 어떤 일의 연장선상에서는 더욱더 탄력을 받아서 가속도를 낼 수도 있다. 과수원을 경작하는 농부가 가지치기를 하여 나무를 더욱 튼실하게 만들고 열매를 솎아주어 풍작을 이루는 것처럼 말이다. 나무를 잘라내고 열매를 따서 버리는 것이 결코 손실을 의미하는 것이 아닐뿐더러 실제로는 버리는 것 이상의 소득을 거둘 수 있다.

그러니 삶에서도 버려야 할 때는 과감하게 버리고 포기해야 할 때 깔끔하게 포기하는 것이 당장은 손해를 보는 것 같지만 시간이 흐른 뒤에 보면 그 손실이 주는 결실은 매우 값지고 크다는 것을 알 수 있다. 그래서 전쟁터에서처럼 버리고 포기하는 데에도 큰 용기가 필요한 것이다.

3

인생 여정

자신을 믿고 의지하라

　천문학자들에 의하면 지구가 생긴 지 46억 년이 되었다고 한다. 선뜻 믿기지도 않지만 설령 믿는다고 해도 도무지 감이 잡히지 않는 세월의 무게와 깊이가 있다. 그런 지구에 현존하는 인류가 탄생하고부터는 세상은 인간이 생존하게 적합하도록 바뀌어왔으며 지금도 그렇게 되고 있다. 그래서 오늘도 세상은 하늘에 떠 있는 구름의 모양처럼 변화무쌍하다. 잠시 한눈팔다가 바라보면 금방 보였던 구름이 저만치 가고 없고 그 자리에는 또 다른 구름이 다가와 있다. 우리네 생활도 그와 별반 다르지 않은 것 같다.

　그렇게 우리 생활의 신속한 변화를 가능하게 만들어주는 매개체는 여러 가지가 있겠지만 그중에서도 하나를 꼽으라면 단연 핸드폰이라고 말할 수 있을 것 같다. 핸드폰은 삼성이나 애플 같은 글로벌 기업을 비롯하여 수천 수만 개의 기업에 풍족한 일자리와 막대한 부를 제공하고 있으니 그거 하나만 보아도 대단한 물건임에는 틀림이 없다.

그리고 핸드폰이라는 매개체는 변화를 주도한다는 것이다.

요즘에는 나이가 들면서 일상이 한가롭다 보니 핸드폰을 더 자주 보는 것 같다. 바라보는 데서 끝나는 것이 아니라 한동안 벨 소리나 알람 소리가 들려오지 않으면 전원이 꺼졌나 하며 확인을 하기도 하고 잠시 다른 일을 하다가 돌아와서도 핸드폰부터 확인하는 습관이 생겼다.

여러 가지 기능이 있고 메뉴도 많지만 그중에서도 카톡으로 지인들이나 가족들과 수시로 소통을 한다. 얼마 전까지만 해도 직접 통화하거나 문자로 메시지를 전송하는 정도였는데 진화된 카톡은 마주 바라보고 대화하는 느낌마저 준다. 그래서 카톡의 프로필 사진이나 메시지를 주기적으로 바꾸어주는 것은 물론이거니와 혼자 보기 아까운 장면이나 그럴듯한 문구가 있으면 올려놓기도 한다.

얼마 전에는 프로필 메시지에 "Memento Mori & Carpe Diem"이라고 올려놓았다. 너무도 가슴에 와닿는 문구였기에 많은 사람들과 공유하고 싶어서 올려놓았더니 그게 무슨 말이냐고 누군가 물어왔다. 그래서 "라틴어로 죽음을 기억하고 현실에 충실하라"는 말이라며 반갑게 대답을 했더니 상대방이 좀 어이없어하는 것 같았다. 불경기다 명퇴다 실업 대란이다 하면서 온갖 안 좋은 단어는 뉴스에 다 등장하는 살얼음판 같은 세상을 살아가고 있는데 무슨 죽음이니 삶이니 배부른 소리를 하고 있느냐고 생각하는 것 같았다. 그래서 한편으로는 조금 미안하다는 생각이 살며시 들었다.

하지만 나이와 성별을 떠나고 재산이 많고 적음을 떠나서 삶은 유한하다는 것을 먼저 생각하고 지금 자신에게 주어진 매 순간순간을 의미 있고 가치 있게 살아야 한다는 생각에는 변함이 없다. 내가 카톡 메시지를 통해서 전달하고 싶었던 것은 모두가 성직자처럼 살라는 것도 아니었고 지금 살아 있다는 자체가 중요한 것이지 언젠가는 죽을 것이니 죽음에 얽매이며 살라는 뜻도 아니었다. 그러니 작가 허유영의 말처럼 "누군가는 살아가고 누군가는 늙어간다."는 말이 맞는 것 같다.

마트나 백화점 그리고 인터넷 쇼핑몰에서 한정판이라고 하면 그 물건은 불티나게 팔려나간다. 당연히 희소성이 있어서 그 가치가 인정되기 때문이다. 그런 상술 자체도 놀랍지만 거기에 현혹되어서 마치 기다리고 있었다는 듯이 덩달아 춤추는 사람들을 보면 한 번 더 놀라움을 감출 수가 없다. 그런데 우리의 소중한 삶이 그런 한정판 물건보다도 못하게 싸구려 취급을 받아서야 되겠는가? 그러니까 자기 스스로 자신을 귀하게 여기고 살아가야 한다는 것이다.

내가 스무 살, 서른 살 무렵의 젊었을 때에는 종교가 뭐냐고 누가 물으면 "나는 나 자신을 믿는다."라며 자신감이 넘치는 목소리로 대답했었다. 실제로 그 당시에는 세상살이 자체에 대해서도 그랬지만 무슨 일을 하든지 간에 자신감이 충만해 있었다. 물론 거기에는 세상을 아직 잘 모르니까 겁도 없는 젊은이의 용기도 있었고 객기도 있었을 것이다. 그러나 혈기왕성했던 그 시절 이후로는 단 한 번도 그런 말을 해본 기억이 없다. 그렇다고 생각에 변화가 있는 것도 아닌데 그만큼 자신감이 많이 떨어진 것이다.

간혹 보면 자기 자신을 나약한 존재로 치부하여 신뢰하지 못하고 종교나 운명에 지나칠 정도로 의지하는 사람이 있다. 종교는 어떤 종교이든 나름대로의 이치와 철학이 있고 그것을 바탕으로 교리를 확립하였기 때문에 내가 운운할 대상이 아니라서 논외로 한다. 그렇지만 운을 믿고 운에만 의지하여 마치 로또를 사놓고 당첨되기를 간절하게 바란다거나 감나무 밑에 입 벌리고 누워서 감 떨어지기를 기다리는 것처럼 요행수를 바라는 사람들을 보면 보태주는 것은 없지만 얄미울 정도로 밉다.

얼마 전에 홀로이 한적한 산행을 하다가 암자가 보이기에 절이나 한 번 하고 가려고 대웅전에 들어갔다. 나보다는 족히 10년은 더 젊어 보이는 사람이 절을 하면서 무슨 소원을 비는 것 같은데 얼마나 간절해 보이는지 보는 내가 숙연해질 정도였다. 혹시 방해라도 될까 봐 간단히 삼배를 하고 나오는데 그 사람이 깔고 절하는 방석 밑으로 로또 용지가 삐쭉 나와 있었다. 나도 가끔은 이것저것 하는 것마다 한심하다는 생각에 자책을 많이 하는 편인데 한술 더 뜨는 사람이 있었던 것이다.

그런 사람들은 아무런 노력도 하지 않고 공짜만 바라다가 원하던 바가 이루어지지 않으면 지질하게도 운이 없다고 하면서 자책하고 멀쩡한 하늘을 원망하기도 하며 온 세상을 비난의 대상으로 삼기도 할 것이다. 결국은 원망하는 것 이외에는 아무것도 남지 않을 것이니 다시 도전하거나 시도해볼 수 있는 작은 경험조차도 얻지 못한다. 물론 하나를 얻기는 하는데 그것은 바로 심각한 자괴감이다. 그래서 스스로 목숨을 끊고 자살하는 사람들의 대다수가 여기에서 나온다고 생각한다.

통계청의 통계자료에 의하면 우리나라에서 자살하는 사람이 하루에 약 37명 정도나 된다고 한다. 대략 40분에 한 명꼴로 자살을 하고 있는 셈이니까 우리가 한 끼니 식사하는 동안에도 출근하고 퇴근하는 시간에도 심지어는 차 한잔 하면서 잠시 쉬는 시간에도 어디서 누군가 한 명은 자살을 하고 있는 것이다.

대단하지는 않더라도 나름대로의 자부심을 가지고 자기 자신을 믿으며 자기 자신에게 의지하고 사는 사람은 그렇지 않은 사람들에 비해서 많은 노력을 하면서 산다. 왜냐하면 자신의 인생은 남들이 대신 해주거나 대신 살아주는 것이 아니라는 사실을 너무나도 잘 알고 있기 때문이다.

인도의 속담에 "소나기가 멈추기를 기다리지 말고, 그 빗속에서 춤추는 법을 터득해야 한다."는 말이 있다. 견딜 수 없을 만큼 힘들고 해결되지 않을 것 같은 일이 내게 닥쳐왔을 때에는 한 발 물러서서 기다리는 방법도 있을 것이다. 하지만 그 문제 속으로 들어가서 해결의 실마리를 찾고 한 올 한 올씩 얽힌 실타래를 풀어가면서 고단한 즐거움을 맛보는 것도 때로는 필요한 것 같다.

"어느 아침은 흐리고 우울할지도 모른다. 그렇지만 이 모두는 당신의 날들이다. 어떻게 이용할 것인지가 중요하다. 자기에게 의지하라. 희망하라. 그러면 시간의 진귀한 토막들을 이어서 아름다운 인생을

121

이룰 수 있을 것이다."라는 헨리 스트롱의 말이 있다. 세상에 태어나서 아무런 일도 하지 않고 그래서 아무 일도 일어나지 않으면서 평생을 편안하게 살다가 가는 사람은 단 한 명도 없을 것이다.

그것은 과거의 역사에도 그렇게 적혀 있고 현재도 그러하며 앞으로도 그럴 것이다. 그러니 뜬구름처럼 변화무쌍한 세상에서 올바른 삶을 영위하고 비록 작더라도 보람된 삶을 살다 가려면 종교와 신도 좋고 가족이나 비빌 언덕도 좋겠지만 무엇보다도 자기 자신을 믿고 의지하면서 성실한 노력을 기울여야 한다. 자기 자신을 책임질 수 있는 사람은 결국 자기 자신뿐이다. 그러니 무소의 뿔처럼 혼자서 자신의 길을 가려는 마음가짐이 필요한 것이다.

마음의 거울

요즘 들어서 거울을 자주 보는 것 같다. 아니 자주 본다는 표현보다는 믿기지가 않아서 자꾸만 다시 들여다본다는 말이 맞을 것이다. 뒤늦게 멋을 부리는 것도 아니면서 왜 그럴까 생각해보니 점점 나이 들어가는 내 모습이 모르는 사람을 보듯이 낯설어서 그러는 것 같다.

얼마 전까지만 해도 흰머리를 당연히 새치라고 여기고 아내와 아이들이 뽑아줄 때도 있었지만 이제는 그 새치를 뽑아버리면 머리카락이 반도 남지 않을 것이다. 이마와 눈 밑에는 어느 부지런한 농부가 밤새 일구어놓았는지 깊이 고랑을 파서 두둑을 쌓아놓고 누렇게 바래서 성긴 치아도 영 낯선 모습이다. 전에는 거울을 무시할 정도로 보는 둥 마는 둥 대충 흘겨보면서 흐뭇한 미소를 지을 때도 있었는데 이제는 아무리 살펴보아도 만족스러운 구석이라고는 없는 것 같다.

최근에는 거울 속의 내 모습을 보면서 그냥 생이 다하는 날까지 지금 그대로만 있어준다면 얼마나 좋을까 하는 약간 겸손한 생각도 든다. 화가 치밀어도 내색하지 않고 좋은 일이 생겨도 크게 드러내지 않을 수 있으면 얼마나 좋을까 하는 생각도 더불어 해본다.

세상일이 내 마음대로 되지 않을 바에는 차라리 나를 드러내지 않고 살았으면 좋겠다는 생각 또한 해본다. 그렇게 하려면 내 마음속에도 거울을 하나 달아놓고 감정의 기복이 있을 때마다 수시로 들여다보면서 컨트롤해야 한다. 내 마음속에 있는 감정들을 얼굴에 모두다 드러내놓고 있으면 원숭이나 강아지와 무엇이 다르겠는가. 마치 발가벗고 거리를 활보하는 것과도 다를 바가 없으니 너무 솔직하게 감정을 드러낼 필요도 없는 것 같다.

마음은 어떻게 말하고 행동해야 할지를 정해주는 역할도 하지만 입이라는 대변인을 통하여 자신의 마음을 표현하고 있으니 입이 하는 역할은 다양하다. 음식도 입으로 들어오고 병도 입으로 들어오지만 복도 입에서 나가고 화근도 입에서 나가기 때문이다. 전국시대의 사상가였던 귀곡자는 "복과 화는 모두 입에서 시작된다."고 말했다.

우리는 과학의 발달로 인하여 전보다 폭넓고 다양해진 세상을 살아가지만 그래도 필요한 것과 불필요한 것들은 이목구비를 통해서 동시에 들락날락거린다. 그러니 입에다가 촘촘한 망을 대고 들어오는 것도 거르고 나가는 것도 걸러내야 한다. 그래서 어떤 것을 먹고 마시고 흡입해야 할 것인지 정하고 어떤 것을 거부해야 할 것인지도 정해놓아야 한다. 또한 꼭 해야 할 말과 반드시 하지 말아야 할 말도 정해놓고 걸러야 한다.

묵자는 "중요한 것은 쓸모 있는 말을 때에 맞게 하는 것이다."라고 했다. 그래서 지금 바로 해야 할 말과 나중에 해야 할 말도 생각해야 하지만 적당히 할 줄 아는 테크닉도 겸비해야 한다. 결국 하찮고 쓸데없는 일들은 제쳐두고 자기 삶의 무게중심을 어디에 둘 것인지를 생각하며 살아야 하는 것이다.

지금은 시대가 변했지만 불과 100년 전까지만 해도 말 한마디에 목숨을 내놓기도 하고 말 한마디에 부귀영화를 누리기도 했었다. 비용도 들지 않고 시간의 제약도 크게 받지 않는 말이 인간을 위대하게 만들기도 하고 비참하게 만들기도 하는 것 같다. 그러니 잔뜩 부풀린 풍선을 가득 짊어지고 가시밭길을 걸어간다는 심정으로 매사에 조심하면서 마음의 거울을 자주 보아야겠다.

최소한의 조건

세상에서 걱정거리 없이 편안하게 살아가고 싶지 않은 사람은 아무도 없을 것이다. 누구나 그런 삶을 영위하고 싶은 게 꿈이자 희망 사항일 것이다. 그런데 불가에는 "시비분별을 떠나려고 하지 말라. 그럴수록 더 얽매인다."는 말이 있다. 나 혼자서 편하게 살고 싶다고 해서 저절로 되는 것도 아니고 나 혼자 독불장군처럼 열심히 산다고 해서 잘사는 것도 아니다. 반드시 인연을 맺고 있는 주변 사람들의 협조가 있어야만 가능하다. 그러기 위해서는 다음과 같이 전제되어야 하는 최소한의 조건들이 있다.

첫째, 신진대사 기능이 원활한 튼튼한 신체가 있어야 하며 그것의 지속적인 유지 관리가 필요하다. 생사는 하늘에 달려 있다고 하지만 모든 사람들이 건강하게 오래 사는 것은 스스로의 관심과 노력에 따르는 것이지 운도 아니고 누가 대신해줄 수 있는 문제도 아니다.

둘째, 누구나 부모로부터 유산을 많이 받으면 좋겠지만 그것은 극소수에 불과하고 대부분이 여기에 해당사항이 없으니 열심히 일하고 벌어서 사람답게 살 수 있을 만큼의 수입이 보장되어야 한다. 돈 이야기를 하면 삼류 취급을 받기도 하지만 현역이 됐든 은퇴자가 됐든 최소한의 생계 비용이 필수적인 것은 현실이다.

돈이 아주 많아서 물 쓰듯 펑펑 쓰면서 누릴 것 다 누리고 살면 금상첨화가 아니겠느냐고 말할 수도 있겠지만 과유불급이라고 적당히 있는 것이 좋다. 예로부터 곳간이 가득 차면 도둑이 들끓고 그걸 지키려니 밤잠도 제대로 못 잔다고 한다. 그러나 없어도 너무 없어서 지지리도 가난하면 배가 고파서 밤잠을 못 자게 된다. 그러니 내가 살고 있는 나라의 평균소득만큼만 보장된다면 넘치지 않아도 아주 행복할 것이라고 생각한다.

그러면 대부분의 사람들이 행복하다고 말해야 하는데 그렇지가 않은 것은 행복의 기준을 평균치보다 너무 높이 잡아놓았기 때문이다. 그리고 행복의 개념을 잘 모르고 살기 때문이다. 그래서 "행복도 훈련을 받아야 된다."고 니체가 말한 것 같다. 그리고 행복을 보장해줄 수 있는 수입이라는 것은 달지만 꿀처럼 너무 달지 않아야 하고 짭짤하지만 바다생선처럼 너무 짜지 않아야 맛있는 것처럼 적당해야 좋은 것이다.

셋째, 효도를 하는 것이다. 마른하늘에 비가 내린다는 말도 있지만 그건 황당한 일이 벌어졌을 때 빗대어 하는 말이지 구름 없는 하늘에서는 절대로 비가 내릴 수 없다. 마찬가지로 부모 없이 생겨난 자식은 없는 법이니 엄청난 효도는 아니라 해도 최소한의 도리는 하고 살아야 한다. 그래서 주자 십회훈에서 '불효부모사후회(不孝父母死後悔)'라는 말로 경계하며 일깨우고 있으니 돌이킬 수 없을 때 후회하는 것은 아무 소용이 없다.

기본적으로 효도라 함은 의식주의 보장에서부터 시작된다. 물론 금전적인 보장이 효도의 전부라고 정의할 수는 없지만 인간답게 살 수 있도록 보살펴드리는 것은 당연지사이기 때문이다. 『명심보감』에 "아내와 자식을 사랑하는 마음으로 부모님을 섬긴다면, 그 효도는 더할 나위 없을 것이다."라고 했다. 불효로 얻게 된 한은 어디에도 빌 곳이 없고 평생 자신을 괴롭힐 뿐이다. 그러니 효도는 부모를 위해서만 하는 것이 아니라 자기 자신을 위해서도 필요한 것이다.

넷째, 자식이 잘 자라서 제 역할을 다하면서 살아주는 것이다. 늘 염려하는 마음으로 자식을 바라보는 부모의 애절한 사랑은 끝이 없다. 내 뱃속의 창자가 달라붙더라도 자식의 입에 쌀 한 톨이라도 들어가면 배부른 게 부모의 마음이다. 그래서 동서고금을 막론하고 부모는 자기 자신은 비록 비루하더라도 자식이 잘되는 것을 최고의 즐거움으로 삼는다.

마지막으로 원한을 맺지 않는 것이다. 애초부터 자기 자신은 아무런 말도 하지 않았고 어떠한 행동도 취하지 않은 채 그냥 누워만 있었는데도 맺히는 게 원한이다. 또한 알면서도 고의로 맺어진 원한도 있을 것이며 본의 아니게 불가피한 사정으로 맺어진 원한도 있을 것이다. 원한은 크고 작음의 문제이지 자라나는 새순처럼 싹둑 잘라서 없앨 수 있는 대상이 아니다. 피해를 보았다고 생각하는 사람의 기억

속에는 옹이처럼 박혀 있기 때문이다. 또한 기억 속에서 멈추어 있는 것이 아니라 자라고 또 자라나서 괴물이 되어 돌아온다. 돌아온 괴물은 심하게는 목숨을 요구하기도 하고 소중한 것들을 요구하기도 하며 사소하게는 발이라도 걸어 넘어뜨려야 사그라진다. 불이나 물은 눈에 보이니 피하기라도 한다지만 원한은 눈에 보이지 않으니 피하기도 어렵다.

그나마 다행인 것은 사람이 만들어놓은 세상의 그 어떠한 일도 사람이 해결하지 못하는 것은 없다는 것이다. 풀리지 않을 것처럼 꽁꽁 얼어붙은 원한도 풀면 그만이다. 단지 원한을 맺는 데 하나의 힘이 들었다면 푸는 데는 수십 수백 배의 노력과 고통이 수반될 수 있다.

『채근담』에 보면 "좁은 길에서는 한 걸음 양보하고, 맛있는 음식은 나누어 먹어라. 이것이 인생을 편하고 즐겁게 사는 방법이다."라고 했다. 결국은 자기만을 위한 지나친 욕심을 조금 내려놓고 더불어 살라는 것이다. 우리가 인생을 편하고 즐겁게 살기 위해서 꼭 필요한 조건들이 어찌 이것밖에 없겠는가. 하지만 최소한의 조건들만 잘 지킨다면 건강하게 살면서도 사람답게 살 수 있고 자신의 목표를 달성하면서도 편안하게 살 수 있을 것이라고 생각한다.

어떤 상상을 할 것인가

인간은 태초부터 생존을 위해서 사냥을 하거나 위험을 피하고 목숨을 유지하기 위해서 혼자보다는 둘이 낫고 둘보다는 다수의 무리가 유리하다는 것을 본능적으로 알고 있었을 것이다. 또한 그 많은 무리들이 함께 먹고사는 방법을 모색하면서 뇌의 활용도가 많아지고 다른 동물들보다 빠르게 진화해왔을 것이다.

혼자 사는 데는 생각할 것이 별로 없겠지만 다수의 무리가 집단을 형성하고 존속하기 위해서는 생각의 힘이 필요했을 것이다. 그런 생각의 힘으로 인간은 만물의 영장이 된 것이니 생각하는 힘은 그만큼 크고 위대한 것이다.

생각은 크게 기억과 상상으로 나누어볼 수 있는데 기억은 과거를 전제로 하고 상상은 주로 미래지향적이다. 그중에서도 특히 상상은 실현 가능한 것과 실현 불가능한 것으로 나누어볼 수 있다. 그리고 긍정적인 상상과 부정적인 상상으로도 나누어볼 수 있다. 가까운 미래에 필연적으로 도래하는 일도 사람에 따라서 긍정적으로 그려볼 수도 있겠지만 부정적인 시각으로 바라볼 수도 있기 때문이다.

  우리가 은퇴 후를 상상해볼 때도 긍정적인 사람은 푸른 언덕 위에 멋진 집을 짓고 사는 여유로운 삶을 꿈꾸며 흐뭇해한다. 반면에 부정적인 상상을 하는 사람은 연탄불이나 때고 폐지나 줍는 자신의 모습을 그리며 한숨을 내몰아쉰다. 미래는 아직 오지도 않았고 준비할 수 있는 시간적인 여유도 충분히 있는데 이렇게 큰 차이를 보인다.

  기분 좋은 상상을 하는 사람은 멋진 미래를 꿈꾸고 있으니 현재의 삶도 즐거울 수밖에 없다. 즐거움이 넘쳐흐르니 자동차 소음도 잘 안 들리고 여느 때 같으면 지치고 힘들었을 하루가 오히려 보람 있고 행복하게 느껴질 것이다. 반면 불행한 미래를 상상하는 사람은 현재의 삶도 버겁고 힘들게만 느껴질 것이니 보이는 대상마다 먹구름이 드리운 것처럼 암울해 보일 것이다.

  기분 좋은 상상은 백화점에서 명품 사듯이 비싼 값에 사고 기분 나쁜 상상은 재래시장에서 콩나물 사듯이 헐값에 산 것도 아니다. 또한 누가 강제로 역할 분담을 시킨 것도 아니다. 다만 스스로 그렇게 생각하면서 각자 다른 길을 가고 있을 뿐이다.

  유형에 상관없이 한 가지 생각을 지속적으로 반복하다 보면 어느 순간부터는 그 생각에 익숙해져서 마치 자신의 것인 양 착각하는 경향이 있다. 그리고는 책임감과 의무감을 부여하면서 실제 현실로 인정하기도 한다. 사람은 자신의 신념과 정반대 방향으로 가고 있을 때에는 강한 거부감을 나타내면서 자신이 생각하는 대로 돌아가려는 원심력을 발휘하기도 한다. 그래서 우리가 무엇을 상상하고 무엇을 꿈꾸는가는 중요하다. 만약에 당신이 지금 부정적인 생각에 젖어 있다면 반드시 긍정적인 생각으로 바꿔야만 하는 이유이다.

초등학교에 입학하면 공부는 꼴찌를 해도 반드시 마스터해야 하는 것이 있다. 바로 구구단인데 모든 산술의 기본이 되기 때문에 선생님은 단 한 사람도 예외 없이 외우게 만든다. 그렇게 한번 외워놓으면 영원히 내 것이 되어서 계산과 수리의 기초 역할을 한다.

좋은 시도 반복해서 읽으면 지은이는 따로 있어도 내 것이 된다. 마찬가지로 좋은 꿈도 자꾸만 꾸고 되새기다 보면 어느 순간에 내 것이 될 수 있다. 그 꿈이 아쉽게 실현되지 않더라도 그 꿈은 자신 인생의 모든 영역에 침투하여 반영될 것이다.

검은 먹구름이 태양을 잠시 가린다고 태양이 없어지지 않는 것처럼 꿈은 그런 태양과 같은 존재이기 때문이다.

그래서 우리는 확정되지 않은 미래가 우리를 우롱하며 속일지라도 아름답게 꿈꾸고 그 꿈을 지켜나가면서 자신을 다독이고 다스려야 한다. 그래야 마음이 고요하고 편안해져서 현재가 비록 힘들지라도 깃털처럼 가벼이 여기며 넘길 수 있다. 왜냐하면 자신이 상상하는 대로 하지 않으면 자신이 하는 대로 상상하게 되기 때문이다.

넋두리

 살아온 인생을 되돌아보면 유별나게 시간이 더디 가고 지루하다고 느꼈던 때가 있을 것이다. 나 같은 경우에는 중고등학교 때의 수업시간 중에서도 특히 수학시간과 영어시간이 지루했고 군복무 시절이 그랬던 것 같다.

 반대로 가는 시간이 아까워서 붙잡고 싶다고 생각해본 적도 있을 것이다. 내게 그것은 하던 사업들이 잘될 때가 그랬고 딸들의 대학교 시절이 그랬었다. 가계 지출이 가장 많은 시기이기도 했지만 그보다도 그들에게는 꽃처럼 활짝 피어나는 인생의 황금기이자 일생에서 가장 여유롭고 행복한 시절이었기 때문에 딸들이 행복한 만큼 나도 행복했으므로 가는 시간이 아까웠다. 그리고 그 나머지 인생의 시간들은 마치 구름 속으로 스며들어간 안개처럼 가물가물하여 별다른 느낌이 없다.

 이제 덧없는 세월만 까먹고 있다 보니 자신감이나 의욕은 썰물처럼 몸에서 쭉 빠져나가고 그 자리에는 게으름과 나태함이 밀물처럼 밀려드는 것 같다. 젊어서는 시간의 속도보다 행동이 더 빠르다고 착각한 적도 있었는데 이제는 시간과 공간의 벽을 뛰어넘지 못하고 있다. 그리고 그 여백은 부질없는 생각들로만 채워지고 있는 것 같아서 안타까운 생각이 들 때가 많다. 생각이 현실로 이동하지 못하고 뭉게구름처럼 잠시 나타났다가 이내 사라지고 마는 것 같다.

한창 때는 걷고 뛰면서 생각하고 판단하기도 했었는데 이제는 앉아서 거리를 다 재본 다음에 겨우 한 발짝을 내딛는다. 그리고 그 첫걸음도 이제는 적지 않은 용기를 필요로 한다. 지나치게 조심하면서 몸을 사리다 보니 할 수 있는 것이 점점 더 줄어들고 있다. 결국 아무것도 하지 않으니까 아무 일도 일어나지 않고 공짜로 나이만 먹는 것이다. 또한 행동이 따르지 않는 부질없는 생각만 하다 보니 잔꾀만 늘어나서 세상과 소통하기는 점점 더 요원해진다. 이제는 음식을 아예 안 먹거나 아주 적게 먹어도 예전처럼 크게 허기를 느끼지도 않는다. 그렇다고 도인이 된 것도 아닌데 말이다. 중장년의 몸을 어찌 청년의 건강에 비교할까마는 한번 취했다 한번 깨는 데에도 점점 더 많은 시간을 필요로 한다.

요즘에는 바쁘게 일하는 현역들에게 혹시라도 민폐 끼칠까 봐 자가용보다는 버스나 전철을 많이 이용하고 있다. 처음에는 누가 자리라도 양보해주면 어떻게 반응을 해야 하나 걱정을 하기도 했었는데 아직은 그러지 않아서 다행이다. 이제는 공원의 벤치나 길가의 간이의자에 앉는 것도 익숙해졌다. 마치 나를 위해 마련해놓은 것 같아서 고맙다는 착각마저 든다.

그뿐만이 아니라 지나가는 사람들을 바라보는 것도 편해져서 예전처럼 힐끔 보지 않는다. 나이가 중후해 보이니까 나도 그렇고 상대방도 그렇고 서로 무감각하여 아무런 신경을 쓰지 않는다. 나를 주의 깊게 보는 사람도 없고 예전처럼 무슨 거래처가 있는 것도 아니다 보니 옷을 입는 것이 자유롭고 편해졌다. 그래서 등산복이 일상복 된 지가 꽤 오래되었다.

자식들을 대하는 잣대도 많이 성글어지고 무뎌지고 있다. 그래서 무엇을 기대하거나 요구하는 것들도 자연스럽게 줄어들고 있다. 원래 나이를 먹으면 몸은 굼뜨고 입만 살아서 잔소리가 많아진다고 하는데 뭐가 잘못된 것인지 그냥 지켜보기만 한다. 예전 같으면 난리가 난 듯이 큰소리쳤던 말들도 이제는 작은 소리로 짧게 하거나 그냥 묵인하고 넘어갈 때가 많다.

숙취를 술로 달래는 해장술은 건강에 안 좋다고 하지만 더위는 더위로 추위는 추위로 달래는 이열치열의 방법은 괜찮은 것 같다. 마찬가지로 외로움은 외로움으로 달래고 아픔은 다른 아픔으로 달래는 방법에 점점 익숙해져야 가까운 사람들에게 피해를 주지 않을 것 같다.

가끔 지나간 날들을 회상하다 보면 군데군데의 추억 속에서 어리석고 부끄러웠던 장면들이 떠올라 얼굴이 후끈 달아오르기도 했었지만 이제는 그런 장면도 무조건 나쁘지만은 않다. 왜냐하면 심심하지 않아서 좋기도 하고 자조 섞인 이야기는 공감을 불러일으키는 데 알맞은 방법 중 하나여서 재미있는 이야깃거리가 되기 때문이다.

한참 혈기가 왕성할 때에는 나 자신이 태산처럼 크고 무겁다고 착각하면서 자만하기도 했지만 지금은 깃털처럼 훅 하고 불면 날아갈 것 같다. 그러나 본래의 나는 태산도 아니었고 깃털도 아니었으며 그저 지구의 표면에 불쑥 나타나서 잠시 사회의 일원이었던 한 사람일 뿐이다. 언젠가는 죽어서 한 줌의 흙으로 돌아갈 육신에 영혼을 불어 넣어서 잠시 의지하고 있을 뿐이다. 그나마도 곤충이나 물고기로 안 나오고 인간으로 나와서 얼마나 다행인지 모른다. 그 자체 하나만으로도 매우 고마운 일이라고 생각하며 살아야겠다.

흐르는 물처럼

요즘에는 친구나 지인을 만나거나 통화를 할 때면 어디서 무엇을 하는지 많이 궁금해하며 물어본다. 은퇴 연령이 되지는 않았지만 비자발적인 조기 퇴직이 대세이니까 다니던 직장에서 잘리지는 않았는지 경기 불황으로 사업을 하다가 잘못되지는 않았는지 걱정스러운 마음에 눈치를 봐가며 물어보는 것이다. 하도 같은 질문을 많이 받아서 요즘에는 내가 하는 말을 나 혼자 듣고 지낸다며 좀 익살스러운 대답을 한다. 그러면 얼른 이해가 안 돼서 딴소리하는 사람도 있지만 대부분은 말뜻을 잘 알아듣고 웃는다.

사실 혼자서 잘 먹고 잘 놀면 되는데 아직도 철이 덜 들었는지 간혹 내 생각이 옳다며 쓸데없는 주장을 할 때가 있다.

『금강경』에 "나라는 생각을 내세우면, 상대적인 경계가 나타나고 분별의 세계에서 괴로움을 받는다."는 말이 있다. 너는 틀리고 나니까 맞다는 생각에서부터 다름의 차이가 생기고 갈등이 시작된다. 당연히 나에게는 내 생각만 맞을 수 있고 상대방에게는 나와 다른 생각이 맞을 수 있다. 그래서 어떤 사안에 대하여 완벽하게 알지 못하면 말을 아끼고 다른 사람의 의견을 들어주면서 그냥 끄떡끄떡해주어야 한다. 그래야 나이 대접을 바라지는 않더라도 무시라도 안 당하고 사는 현명한 방식일 것이다.

그러나 그게 말처럼 생각처럼 쉽게 되는 것이 아니기에 아무런 이해관계도 없는 사람과 시비가 생겨서 다투기도 하고 별거 아닌 일로 미움을 사하기도 한다. 또한 좋아하고 싫어하는 데서 욕심이 생기고 괴로움도 생긴다는 것을 잘 알면서도 버젓이 행하다가 그것이 현실의 세계에 비집고 드러나야만 비로소 부끄러움을 알고 스스로를 원망한다.

누구든지 잘 나갈 때는 자신의 주장이 조금 이치에 어긋나도 통한다. 그리고 승승장구하니까 웬만한 단점은 파묻혀서 드러나지도 않는다. 그러나 꽃 피고 단풍이 드는 계절도 다함이 있듯이 호시절 다지나면 얘기가 달라지는 것이다.

세상에서 자신을 가장 잘 아는 사람은 바로 자기 자신이며 그다음이 배우자일 것이다. 한평생을 함께 동고동락하였으니 부모형제나 그 어떤 친구보다도 배우자가 자신을 가장 잘 알고 있다고 보면 맞을 것이다. 그런 아내가 잃어버릴 만하면 한 번씩 과음이 우려스럽다고 하는데 스스로도 인정하며 평생을 함께 살아온 벗의 이야기와 같다.

『채근담』에 "꽃은 반쯤 피었을 때가 가장 아름답고, 술은 은근히 취했을 때가 가장 기분이 좋다. 만약 꽃이 다 피어버리고 술에 곤드레만드레 취한다면, 이는 보기 흉한 지경이 되고 만다."라는 말이 있다.

신뢰와 건강까지 잃어버리면서도 개선하지 못한다면 이보다 더 어리석은 일이 어디에 있을까 하는 생각이 든다. 결국 자신의 삶에 주어진 소중한 것들을 모두 잃어버리고 난 뒤에야 후회할 것이다.

　그러나 한 손에는 붓을 들고 한 손에는 술병을 들고 다니며 당나라의 한 시대를 시 한 수로 호령하던 이백은 그의 작품인 「월하독작」에서 "현인과 성인을 이미 마셨는데, 하필 신선을 구할 것인가? 세 잔 술은 대도에 통하고, 한 말 술은 자연과 합해지네. 다만 술에 취한 아취를 구할 뿐, 취하지 않는 사람으로 전해지지는 않으리라."며 술을 향한 그의 집착 어린 애정을 시로 남겼다. 시구에 있는 시어들에 틀린 말은 없지만 애주가로서의 편견이 가미되어 있는 것도 사실이다. 그러나 중국 송나라의 학자 양만리는 "물에 빠지는 것은 그 한 사람이지만, 술이 사람을 빠트리는 것은 자신을 빠트리고서 천하 국가에까지 이른다."며 술에 대한 매우 부정적인 견해를 밝혔다. 또한 그는 "우임금의 업적 중 맛있는 술을 싫어한 공이 홍수를 다스린 것보다 크다"는 표현으로 확대해석하면서 술을 멀리하고 경계하라는 교훈을 남겼다. 그러니 지나친 음주를 멀리하는 것은 자신의 본성을 지키면서 올바른 삶을 추구하는 현명한 방법이라고 생각한다.

　우리는 죽음 자체를 부정하지는 않지만 자신에게는 해당되지 않는 막연한 미래라고 치부하며 철없는 어린아이처럼 살기도 한다. 반대로 아직은 멀리 있는 죽음을 너무 부각시켜서 마치 죽음이 목전에 다가온 것처럼 호들갑을 떨면서 자신의 인생을 가혹하게 학대하기도 한다. 그러니 "아침부터 저녁까지 우리는 꿈을 먹고 살고, 밤부터 아침까지 또 꿈속에서 산다."는 말이 있다. 현실을 직시하지 못하고 헛된 꿈속에서 또 꿈을 꾸고 있는 형국이니 그렇게 되면 참으로 헤어나기가 요원해진다. 그래서 타인의 본보기가 될 만큼 훌륭하지는 않더라도 부족하지 않고 부끄럽지 않은 어른이 되려면 자신의 주관에서 비롯되는 일방적인 주장들부터 내려놓아야 한다.

인생을 오래 살아본 사람들은 마누라 말 들어서 손해 볼 거 하나도 없다는 말을 입버릇처럼 한다. 그것은 누가 되었든지 간에 배우자의 의견을 존중하면서 사는 것이 현명하게 잘 사는 방법 중의 하나라는 이야기이다. 불교에서는 옷깃을 스치는 데도 삼천 겁의 인연이 필요하다고 하니 이승에서 부부로 맺어진 인연이라는 건 보통의 인연이 아닌 것임에는 틀림이 없어 보인다. 그러니 아주 중차대한 일이 아니라면 배우자의 견해가 맞느니 틀리느니 따지기보다는 대충 넘어갈 줄도 알아야 한다는 것이다. 세상 사람들이 팔불출이라고 부르더라도 그냥 흐르는 물처럼 순리에 따르는 것이 편안한 인생을 사는 방법이라고 생각한다.

담백한 음식

가끔 남의 집에 가서 식사를 하거나 음식점에서 가서 외식을 할 때에 음식이 맛있고 정갈함에도 불구하고 살며시 기분 상하는 경우가 더러 있다.

다른 사람이 먹던 것이나 먹다 남은 것을 주는 경우가 그렇고 너무 많이 담아서 주는 경우가 그렇다. 그것은 남의 집에 가서 공짜로 얻어먹든 식당에 가서 돈을 내고 사 먹든 마찬가지이다. 김치 하나를 주더라도 새것을 꺼내서 담아준다면 맛이 좀 떨어져도 상관이 없지만 아무리 귀하고 비싼 음식일지라도 먹던 것을 내준다면 상당히 불쾌한 일이다. 배려받지 못한다는 생각을 넘어서 무시당한다는 느낌마저 들기 때문이다. 그래서 먹다 남은 소고기국보다는 바로 끓여주는 라면이 맛있고 고맙다.

그러나 음식을 잔뜩 담아주는 경우에는 좀 부담스럽기는 해도 한편으로는 이해를 할 수밖에 없다. 옛날 배고팠던 시절에 많이 주는 것을 미덕으로 여기면서 그것이 미풍양속으로 전해져왔기 때문이다. 그래서 지금도 체면을 차려야 하는 집에 갔을 때에는 음식을 먹다가 남기게 되면 예의에 벗어난다는 생각이 들기도 하고 맛이 없다는 오해를 할까 봐 신경이 쓰인다. 그래서 되도록 음식을 남기지 않으려고 다 먹다 보니 곤혹스러울 때가 종종 있다.

음식을 과하게 제공하는 문화는 현재 우리나라의 생활수준으로 보았을 때 맞지 않는 옷을 입고 있는 것과 같으며 허례허식에 가까운 잘못된 문화이다. 남아서 버리는 만큼 과소비가 되고 쓰레기를 양산한다는 것을 모두가 잘 알면서도 고치질 못하고 있다. 그래서 음식물 쓰레기를 수거하는 대형 특장차가 새벽 공기를 가르며 이틀에 한 번 꼴로 아파트 단지에 들어오는데 그 차가 왜 다녀야 하는지 지금도 이해가 되질 않는다.

메인 요리가 풍성하면 과식은 물론 지나친 편식을 하게 된다. 그러나 찌개나 고기 같은 메인 요리를 조금 부족하게 조리한다면 남기지 않아서 좋고 부족한 만큼 다른 요리나 밑반찬을 먹게 되므로 자연스럽게 골고루 균형 잡힌 식사를 하게 된다. 평소에 접하지 못하는 음식을 외식을 통해서 맛있게 먹고 나서도 늘 개운치 않은 것은 언제나 지나침 때문일 것이다.

많이 주는 음식이 기분 나쁜 이유 중의 또 하나는 먹지 않고 남기는 것까지 예상해서 음식 가격을 책정했고 우리는 그것을 지불해야 하기 때문이다. 또한 음식을 잔뜩 버리고 일어나는 것 같아서 뒷맛이 개운하지 못한 측면도 있다. 그래서 나는 개인적으로 뷔페 방식을 선호하며 그런 곳에서 식사를 할 때는 마음이 편안하다. 각자가 먹고 싶은 음식을 먹고 싶은 만큼 먹을 수 있기 때문에 부족하지도 않고 배 터지게 먹을 일도 없으니 음식물 쓰레기도 양산하지 않고 적절한 식대를 지불하며 농부에게도 미안하지 않고 오히려 감사한 마음으로 식사를 할 수 있기 때문이다.

사실은 먹다가 남은 음식을 다시 내놓게 되는 것도 처음부터 방문객이나 손님을 무시하려는 의도가 있어서가 아니라 결국은 지나치게 조리하였기 때문이다. 똑같은 음식이 남아 있으니 버리고 또다시 조리할 수가 없어서 어쩔 수 없이 내놓는 것이다. 심지어는 다이어트라는 노래를 목이 쉬도록 부르면서도 남은 음식이 아까워서 먹어치우는 주부들의 모순은 비단 어제 오늘의 이야기가 아니다. 적당히 부족하게 식단을 차리는 문화가 사회적인 공감대를 형성하고 하루빨리 정착되기를 바라본다.

식재료 측면에서도 화학비료나 농약으로 범벅을 하여 재배한 농산물과 항생제나 성장촉진제 등을 먹여서 키운 육류나 생선 종류를 언제까지 섭취해야 할지도 심각하게 자성해보아야 한다. 물론 가격의 차이가 있다. 그러나 무농약 무항생제로 재배하고 키운 식재료가 비싸다면 그만큼 덜 사서 덜 먹고 덜 버리면서 친환경 재료와 친해지면 된다고 생각한다.

『경행록』에 보면 "음식이 담백하면 정신이 맑아지고, 정신이 맑으면 잠자리가 편안해진다."는 말이 있다. 담백하다는 것은 식재료 자체가 지니고 있는 고유한 맛으로서 짜지 않고 달거나 맵지도 않으며 요즘 입맛으로 친다면 화학조미료와 같이 제3의 인공 재료들이 들어가지 않은 맛을 의미한다. 그리고 정신이 맑아지고 잠자리가 편하다는 것은 건강하게 장수한다는 뜻이다. 그러니 자기 자신은 물론 사랑하는 가족의 건강을 위해서라도 담백하게 먹는 식생활 습관을 가져야 한다.

현명한 소비자가 화학비료나 농약으로 재배한 농산물이나 항생제와 같은 약품으로 사육한 식재료를 찾지 않는다면 어느 생산자도 재배하거나 사육하지 않을 것이다.

우리가 싼값을 이유로 찾기 때문에 계속해서 재배되고 사육돼서 시장에 제공되는 것이니 관계당국을 원망할 수도 없고 농어민을 탓할 수도 없는 노릇이다. 그러나 나와 내 가족이 잘못된 식재료로 인해서 소리 없이 병들어가고 소중한 생명까지도 위협을 받는다면 결코 싼 것이 아니다.

그로 인하여 땅이 썩고 물이 오염되어가는데 자연의 일부인 인간이 어떻게 멀쩡할 수가 있고 언제까지나 안전하다고 말할 수 있겠는가. 그리고 우리가 자연이라고 말하는 하늘과 땅 사이를 떠나서 어디에 의지하고 살 것인지 생각해보아야 한다. 또한 우리의 후손들이 건강하게 살아가야 할 기본적인 권리와 생활 터전을 빼앗고 오염된 지구를 물려주는 것이니 결국은 큰 죄를 짓는 것이다.

먼 산이 보인다

지구가 태양을 한 바퀴 돌아와서 계절은 다시 작년 이맘때쯤이 되었다. 그래서 오늘은 일 년 전의 기억 속으로 들어가서 잠시 머물러 보려고 한다. 굳이 작년 이맘때에로 가보려는 것은 녹음이 짙어오는 아름다운 계절이어서가 아니라 애잔한 사별의 아픔이 아직도 거기에 남아 있기 때문이다.

이승에서의 인연치고는 아주 가까웠던 사람들이 달이 지구를 한 바퀴 돌아오는 짧은 한 달 동안에 모두 떠나갔기 때문이다. 봄이 무르익어 여름으로 가는 길목을 미처 건너지 못하고 무려 네 사람이나 요단강을 건너갔다.

10년을 넘게 가까운 이웃으로 지냈던 지인은 불혹의 나이에 폐암에 굴복했고 평소에 나보다도 건강했던 친구는 심장마비로 더 이상 호흡을 하지 못했으며, 여동생과 이혼은 했지만 조카라는 끈으로 연결이 되어 있었던 매제는 출근 준비하다가 뇌졸중이 찾아와서 영원히 출근을 하지 못하였다. 그리고 장모님은 신장암에 걸렸는데 수술 불가 판정을 받고 3년간을 요양원에 계시다가 떠나셨다.

장모님은 미리 사형선고를 받은 것이나 마찬가지였기 때문에 당신은 물론이고 자손들도 미리 마음의 준비를 하고 있었다. 전체 5남매 중에서 4남매가 살고 있는 안산으로 오셨기에 그나마도 우리는 자주 병문안을 갈 수 있었다. 강원도 산골에 사시는 약 30년 동안에는 백 번을 못 찾아뵌 것 같다. 그러나 요양병원에 계시는 약 3년 동안에는 대충 헤아려보아도 삼백 번 가까이는 만난 것 같다.

사별이 아쉬운 것은 사실이었지만 지금 돌이켜 생각해보면 그래도 곁에서 이별을 준비할 수 있었던 것이 그나마도 작은 축복이었다고 생각한다.

그러나 갑자기 폐암 4기 판정을 받고 3개월 만에 세상을 떠난 지인의 경우는 달랐다. 겨우 마흔 살이라는 젊은 나이에 세상을 떠난 것도 안타까운 일이지만 아직은 한참이나 돌봄이 필요한 중학생과 초등학생 자녀들에게는 무슨 말로도 위로가 될 수 없었다.

『사기』에 보면 "사람은 누구나 한번 죽는다. 그 죽음이 태산보다 무거운 이도 있고, 기러기 깃털보다 가벼운 이도 있다."라는 말이 있다. 같은 죽음이라도 경중이 있기 때문에 조금은 아쉬워도 미련 없이 보내주는 죽음도 있지만 우리가 화장을 하고 땅에 파묻고 나서도 수용하기 힘든 죽음도 있다. 그뿐만이 아니라 어린 자식들을 남겨놓고 간 이는 아마 죽어서도 눈을 감지 못하고 있을 것이다.

우리가 죽음 앞에서 엄숙하고 숙연해지는 것은 망자의 넋을 기리는 마음도 있지만 죽음은 피할 수 있는 대상이 아니라는 인간의 한계 앞에서 한없이 무기력해지기 때문이기도 하다. 또한 죽음이 아쉽고 슬픈 이유는 다시는 만날 수 없으며 한번 떠나가면 천 년이 되고 만 년이 되어도 다시는 돌아오지 못한다는 사실을 알고 있기 때문이다. 그러니 남녀노소를 불문하고 인간이 가장 피하고 싶은 것도 죽음이고 인간에게 가장 두렵고 무서운 것도 죽음인 것 같다. 너무도 당연한 말이지만 이 세상에 살아 있는 것은 모두 죽어서 흙이 된다.

사람도 짐승도 나무도 풀도 시간의 차이만 있을 뿐 어떤 생명체도 죽음을 피할 수 없다. 그래서 죽음을 긍정적으로 인정하는 사람은 그렇지 않은 사람보다 훨씬 편안한 마음으로 세상을 살아간다. 옛말에 '염라대왕이 삼경에 찾아오면 오경을 넘길 수 없다'고 했으니 누구나 한 번은 염라대왕을 맞이해야 한다. 그러니 죽음이 비록 즐거운 일은 아닐지라도 삶의 일부로 인정하고 받아들일 수 있어야 한다. 어렵게 찾아온 염라대왕을 끝까지 거부해봤자 자신의 어리석음만 드러낼 뿐이라는 것도 잘 알고 있어야 한다. 그러니까 염라대왕을 원수처럼 생각하지 않고 친한 친구처럼 생각할 수 있을 때 비로소 삶을 바라보는 마음의 눈이 트일 것이다.

인간은 자신의 죽음을 떠올리게 되면 존재감이 떨어진다. 그래서 자신의 죽음에 대해서는 부정하려고 애를 쓰면서도 죽음의 공포에 대해서는 엄청난 에너지를 소비하는 모순을 보인다. 그러니 죽음을 남의 일로 치부하려고 한다거나 눈 감고 모르는 척 외면하면 할수록 죽음에 대한 공포와 고통만 가중될 뿐이다.

러시아를 대표하는 위대한 사상가 레프 톨스토이는 "죽음이 더 이상 악으로 생각되지 않을 때, 비로소 삶에서 행복을 누릴 수 있다."는 말을 했다. 죽음을 인정하게 되면 오히려 삶에 있어서는 수없이 많은 긍정적 요인들이 보이게 된다.

혹독한 실패를 경험해본 사람은 작은 성과에도 만족할 줄 알며 큰 재앙을 겪어본 사람은 사소한 일상생활 속에서도 감사함을 느끼는 법이다. 죽음을 인정한다는 것은 삶을 포기하는 것이 아니라 삶의 일부로 받아들이고 연연해하지 않는다는 것이다.

독일의 작가 프란츠 카프카는 "삶이 소중한 이유는 언젠가 끝나기 때문이다."라고 말했다. 인간뿐만이 아니라 세상의 모든 만물은 유한하기 때문에 희소가치가 있는 것이다. 그저 누가 먼저 가고 누가 나중에 가느냐의 차이가 있을 뿐 모두가 간다. 그러니 가까이에서 죽음을 접하게 되면 망자의 명복을 빌면서 슬퍼해주는 것도 좋지만 자신의 삶을 한 번 더 성찰해보고 인생의 본질적인 부분을 생각해보아야 한다.

언제부터인가 먼 산을 자주 바라다보는 습관이 생겼다. 자주 응시하다 보니까 안 보였던 산들도 이제는 보이는 것 같다. 전보다 날씨가 더 쾌청해져서 그런 것도 아니고 시력이 더 좋아진 것은 더더욱 아니다. 그저 나도 산으로 가야 할 때가 서서히 도래하고 있으니까 산들이 친숙해 보이는 것 같다.

인생 여정

인생이라는 긴 여행길을 가다 보면 하늘로 날아오를 듯이 기분 좋은 날도 더러 있다. 그런가 하면 하늘이 무너지고 땅이 꺼질 듯이 낙담하며 괴로움을 겪어야 하는 날들도 적잖이 있는데 그런 날들이 반복되거나 너무 길어지게 되면 삶의 의욕이 사라지고 세상이 싫어지면서 죽고 싶다는 생각이 드는 것이다.

실제로 2018년 통계청 자료를 보면 연간 13,000명 이상이 스스로 목숨을 끊는 자살을 선택하고 있다고 한다. 그 정도로 우리나라는 OECD 국가들 중에서 자살률 1위라는 불명예를 차지할 정도로 심각한 수준에 와 있다고 한다.

그들은 자기 자신만이 세상에서 가장 힘들고 불행하다고 생각했을 것이며 또한 자신만이 세상에서 철저히 소외된 채 외톨이가 되었다는 생각을 했을 것이다. 그래서 그들은 자신의 소중한 생명을 벌레나 하루살이의 목숨쯤으로 하찮게 여기고 저버린 것이다.

인생의 여정에는 수없이 많은 굴곡이 나타난다. 만약에 평탄한 바닥 위에 양탄자를 깔아놓은 길만 있거나 꽃길만 있다면 그것은 신의 영역에서 사는 것이지 인간의 영역이 아니다. 진퇴양난이라는 말이 있듯이 누구에게나 이러지도 못하고 저러지도 못하는 힘들고 어려운 때가 찾아올 수 있다. 그런데 그런 사면초가의 막다른 길목에서 돌파구를 찾지 못하고 막막해질 때에 포기라는 가장 쉬운 결정을 하는 것이 문제다.

아무리 주변을 둘러보아도 도움을 줄 사람이 보이질 않고 자구책도 없다면 차선책을 찾거나 돌아서 가는 길을 찾아야 한다. 하물며 그조차도 여의치 않다면 금전적인 손실이나 불명예의 치욕을 감수하고서라도 본래 시작했던 곳으로 내려오면 된다. 그리고는 더 내려갈 곳도 없는 맨 밑바닥에서부터 다시 시작하면 되는 것인데 아쉽게도 포기라는 쉬운 결정을 하는 것이다.

『사기』에 보면 "복숭아와 오얏은 말을 하지 않아도 나무 밑에 저절로 길이 생긴다."는 말이 있다. 내가 하고 있는 모든 일이 순조롭게 잘 풀리고 승승장구할 때에는 온갖 사람들이 구름처럼 몰려든다. 그래서 없던 길도 생긴다는 말이다.

『명심보감』에는 "가난하면 시끌벅적한 시내에 살아도 아는 이 없지만, 부유하면 깊은 산골에 살아도 멀리서 찾아오는 친구가 있다."고 말한다. 내가 잘 나갈 때에는 사소한 것에서부터 큰 것에 이르기까지 부탁을 하기도 하고 혹은 언젠가 이익이 있을까 해서 관계를 돈독히 해놓으려고 찾아오는 이도 있다. 그러나 지위를 잃거나 사업이 어려워져서 곤궁한 처지가 되면 마치 썰물처럼 빠져나가고 주위에는 개

미새끼 한 마리도 없다. 그리고 세상 사람들과 나를 이어주던 길에는 잡초만 무성해진다. 그렇게 되면 참기 힘든 배신감도 들고 스스로 자괴감도 밀려올 것이다.

『후한서』에 보면 "세찬 바람이 불어야 억센 풀인지 알 수 있고, 추워진 뒤에야 잎이 늦게 떨어짐을 볼 수 있다."는 말이 있다. 내가 어려움에 처해봐야 세상의 인심을 제대로 볼 수 있다는 말이다. 그래서 조금만 신경 쓰면 들어줄 수 있는 부탁도 궁색한 변명으로 회피하거나 아예 등을 돌리는 경우를 주변에서 흔하게 볼 수 있다.

그러나 세상은 또한 변화무쌍한 곳이라서 혼자서는 일어설 수도 없을 때 누군가가 나타나서 도움의 손길을 내미는 경우도 아예 없는 것은 아니다. 대부분 곤경에 빠질 지경이 되면 가장 가까운 처자식은 이미 나와 비슷한 처지에 놓여서 도움이 되지 않는 경우가 많다. 그리고 평소에 가깝게 지냈던 사람들은 혹시 불똥이라도 튈까 봐서 거리를 두려고 한다. 그럴 때 의외로 나타나는 귀인이 드물지만 있기는 하다. 평소에는 존재감조차도 못 느끼고 지냈던 사람이 구원투수로 나타나는 것이다.

나는 살면서 천사를 본 적은 없지만 그렇게 천사와 같은 사람을 만나본 적이 있고 실제로 도움을 받아보았다. 그런 사람들은 공통점이 있다. 대가를 바라지 않을뿐더러 공치사도 하지 않고 생색도 내지 않고 당연한 일을 했다는 입장을 취한다는 것이다. 그래서 더욱 빛이 난다. 한 방울의 감로수와도 같고 망망대해에 빠졌을 때에는 구명구와 같은 역할을 하기도 하며 때로는 마중물과 같은 역할을 하여 전화위복의 계기를 만들어주기도 한다. 그렇기 때문에 천사와 같은 사람이라고 해도 표현이 과하지 않은 것이다.

바로 그런 사람들이 세상 어디에서도 가르쳐주지 않고 배울 수 없는 진정한 삶의 의미와 인생의 가치에 대해서 알게 해준다. 그리고 자신의 삶에 또 다른 어려움이 찾아오고 세상이 또 자기 자신을 기만하더라도 최소한 부끄럽지는 않게 살아야 한다는 생각을 갖게 하는 것이다. 그것이 인생이라는 기나긴 길을 여행하면서 천사와 같은 사람에게 할 수 있는 최소한의 보답이고 예의이기 때문이다.

4

한번은 덥고 한번은 춥고

좋은 욕심

대부분의 종교에서는 모든 것을 다 내려놓으라고 한다. 마음을 비우고 욕심을 내려놓으라며 권유나 가르침을 떠나서 강요에 가까운 요구를 하기도 한다. 그러나 욕심을 내려놓으면 그 자리에는 고요하고 평화로운 마음이 깃들어서 편안해져야 하는데 내가 잠시나마 해본 경험으로는 그렇지가 않은 것 같다.

막상 욕심을 버리고 나니 왜 사는가 싶은 번뇌와 망상이 찾아들고 무기력함과 나태함으로 인하여 삶의 의욕이 사라지고 만다. 욕심을 버리는 데에도 큰 결심을 필요로 하는데 그것을 유지하는 것은 도인이 아니고서는 도저히 불가능한 것 같다. 그러니 우리네처럼 평범한 범부에게는 모든 욕심을 버리는 것이 말처럼 쉽지도 않을뿐더러 올바른 삶의 방식도 아닌 것 같다.

일례로 우리는 혼인을 인륜지대사라고 칭하며 매우 중시한다. 물론 결혼 그 자체도 중요하다고 볼 수 있지만 그보다는 어떤 배우자와 혼인을 하느냐에 그 무게중심이 있다고 보아야 할 것이다. 왜냐하면 어떤 사람과 평생을 함께 사느냐에 따라서 본인의 한 평생이 좌지우지되고 경우에 따라서는 가족 친지와 주변 사람들에게까지도 영향을 미치기 때문이다. 양쪽을 저울에 달았을 때 서로 비슷하다면 큰 문제가 없겠지만 한쪽으로 심하게 기울어진다면 그 간격만큼을 서로 주고받아야 하는 셈이 되니 욕심을 부리지 않을 수 없는 것이다. 이렇게 나보다 더 나은 배우자를 선택하고자 하는 것을 단순히 지나친 욕심으로 치부할 것인지 아니면 자신의 권리에 가까운 당연한 욕심으로 평가할 것인지에 대하여 생각해볼 문제이다.

요즘에는 의학이 발전하고 신약 개발이 눈부신 성과를 내면서 예전의 세대들보다 더 오래 살게 되었다. 또한 틀니가 나오고 임플란트 시술로 치아를 대신하게 되면서 치아 때문에 잘 못 먹는 사람이 현저하게 감소하였고 1차 산업에서 3차 산업으로 이동하면서 심한 노동이 사라지다 보니 정말로 100세 시대를 바라보고 있다. 그렇게 현대인들은 은퇴 후의 삶이 길어졌고 경제적으로도 예전보다는 여유롭다 보니 호젓한 전원 생활을 꿈꾸는 사람들이 많아졌다.

은퇴 후에 홀로 두 발로만 12,000킬로미터를 걸었던 프랑스의 작가인 베르나르 올리비에는 "은퇴는 멋진 것이다. 그것은 인생에서 완전한 자유를 갖게 되는 특별한 순간이다."라며 은퇴의 의미를 아름답게 표현하였다. 그래서 은퇴한 사람들이 전원생활을 꿈꾸는 것은 일종의 선택이지 탐욕스러운 욕심이라고 정의할 수 없다.

귀촌한 사람들의 대부분이 처음 1~2년 동안에는 텃밭 농사만 서

한번은 담고 한번은 풀고

틀러서 잘 안 될 뿐 모든 게 신기하고 재미있으며 여유로움은 보너스이다. 그뿐인가, 시골로 내려갔다는 소문이 나면서 친인척은 물론이고 친구들이나 지인들이 자신들의 로망이기도 해서 한두 번씩은 필히 다녀간다. 그렇게 한동안은 사람의 발길도 끊이지 않으니 행복에 겨워서 왜 진작에 내려오지 않았나 하고 후회스러울 정도이다.

그러나 입주 잔치가 끝나고 나면 텃밭 농사는 좀 되는 것 같은데 그 나머지가 모두 문제가 된다. 시골의 신비스러웠던 재미는 시들시들해지고 여유로웠던 자리에는 스물스물 외로움이 밀려들면서 결국에는 많은 귀촌인들이 도시로 되돌아온다.

도시에서 겹겹이 쌓고 쌓아두었던 욕심들을 모두 비워야 산속에서든 시골에서든 외롭거나 고독하지 않은 것인데 그것을 몰랐던 것이다. 그래서 욕심은 우리네 인생길을 가로막기도 하고 큰 짐이 되어서 주저앉히기도 한다.

우리는 자신의 경험이나 가까운 주변에서 성급한 결정으로 손해를 보는 경우를 심심치 않게 보았을 것이다. 바로 그 성급한 결정이 욕심에서 나오는 것이다. 또한 어리석은 욕심은 그 자체만의 손해에서 끝나는 것이 아니라 예전에 쌓아놓은 성과나 결과물들은 물론 현재 잘 되고 있는 일까지도 망치게 한다는 데 그 문제의 심각성이 있다. 그러나 앞서서도 말했듯이 범부가 욕심을 비운다는 것은 불가능에 가까운 일이므로 올바르다고 생각되는 욕심들은 조금 축소하여 그대로 유지하는 것이 바람직하다고 생각한다.

그러나 그릇된 욕심은 일순간에 모두 버리고 잔재가 남아 있는지를 찾고 또 찾아서 버린 다음에 다시는 깃들지 못하도록 수시로 일 깨워야 한다. 또한 타인에게 피해가 가지 않는 욕심일지라도 도덕 성을 충분히 겸비한 다음에 생각해보아야 한다. 왜냐하면 도덕성도 일종의 능력이며 그러한 훌륭한 인품을 갖춘다면 보편적인 욕심의 한계를 조금 넘어서도 무방하다 할 것이다.

결국은 한 가지

인간은 생명을 가진 육체와 고귀한 영혼을 함께 부여받아서 태어났지만 다른 한편으로 보면 괴로움과 즐거움이 합해져서 탄생한 생명체인 것 같다. 그래서 괴로움은 병이 되어 육신으로도 찾아오기도 하고 가슴을 후벼 파듯이 아린 마음으로 찾아오기도 하는 것 같다. 그렇게 자신의 주변에서 늘 함께 더불어 존재하고 있으므로 조용히 귀 기울여보면 언제든지 만져보고 듣고 느껴볼 수 있다. 그러나 즐거움은 괴로움처럼 언제나 상주하고 있는 존재가 아니라서 즐겨보려는 만큼 그 대가를 지불해야 한다. 설령 지불하지 않으려고 발버둥을 쳐봐도 늘 그 대가는 뒤따르는 것 같다.

인간이 세상에서 하는 일도 크게 양분해보면 좋은 일이나 나쁜 일을 다른 사람들에게 직접적으로 영향을 미치도록 하거나 다른 사람들의 행위로 인하여 겪기도 한다. 어느 날 기쁘고 좋은 일이 생겨서 지긋지긋한 고생도 끝나고 뜨끈뜨끈한 아랫목에만 누워서 지낼 것 같았지만 허리 한번 제대로 지져보지도 못하고 찰나에 끝나는 경우가 비일비재하다. 마찬가지로 나쁘고 궂은 일이 찾아와서 평생을 따라다니면서 괴롭힐 것 같아도 일정한 시간이 지나가면 빛과 그림자가 교체하는 것처럼 흔적도 남기지 않고 황급히 사라지기도 한다.

살다 보면 별로 들춰 보이고 싶지 않은 과거 속의 추억들이 아지랑이처럼 솔솔 떠오르는 하루가 있다. 그런가 하면 아직도 멀리 있는 미래가 암울하게 오버랩돼서 건강에 이롭지 않은 생각들 때문에 하루를 망쳐버리는 날도 있다.

인생이라는 여정에서 우리에게 미리 정해져 있는 종착지가 있거나 혹은 특별한 목적지가 있는 것도 아니다. 그러므로 과거라는 곳도 미래라는 곳도 우리의 목적지가 아닐진대 스스로 어리석은 착각을 한다. 인간에게는 수시로 시행착오를 겪거나 연습 삼아서 다시 갈 만큼 주어진 시간이 넉넉하지 않다. 그저 매일매일 매 순간마다 발길이 머물고 생각이 미치는 곳이나 보여지는 곳이 우리의 목적지라고 해도 과언이 아니다.

그러므로 삶의 테두리 안에서 수시로 겪는 괴로움이나 즐거움에 대하여 일희일비하기 때문에 피곤한 인생이 되는 것인데 결국은 스스로 자초한 일이 되는 것이다. 따라서 좋은 일이나 나쁜 일에 대해서 너무 선명하게 선을 긋고 살아서도 안 되고 지나온 과거와 오지도 않은 미래에 대해서도 일희일비하지 말아야 하는 것이다. 『포참군집』에 보면 "인생은 본래 명이 있는 법, 무슨 이유로 가면서 탄식하고 또 앉아서 근심하는가? 세상 사람들아 가난을 한탄하지 말게,

부귀는 사람일로 되는 게 아니라네."라는 시구가 있다. 결국 갖고 자 하는 욕심을 크게 부린다고 많이 소유하는 것도 아니고 근심 걱 정을 많이 한다고 해서 세상일이 뜻대로 이루어지는 것도 아니라는 것이다.

그러므로 현재 자신의 처지를 비관하거나 남들과 비교하지도 말 고 자기가 가진 것에 만족할 줄 알고 살라는 말을 수많은 선지식들 이 입이 닳도록 해온 것이다. 또한 많은 사람들이 갈망하는 부귀와 영화도 시류라는 시간 앞에서는 미불에 불과한 것이다. 그러니 넋 을 잃고 올려다봤자 애꿎은 고개만 아플 뿐이고 열심히 쫓아다녀봐 야 다리만 아프고 기운만 쇠해져서 그저 허망할 뿐이다.

좋은 것과 나쁜 것은 모두가 같은 곳에서 나왔고 각자의 일을 끝 마치고 돌아가는 곳도 모두가 같은 곳이다. 그렇기 때문에 좋은 것 너머에는 나쁜 것이 있고 나쁜 것 너머에는 좋은 것이 있으니 하나 로 취급하여 볼 줄 아는 혜안이 필요한 것이다.

지나치니 집착이지

　며칠 전부터 집 근처의 제과점이나 편의점 입구에 예쁘게 포장된 초콜릿이 즐비하더니 바로 오늘이 밸런타인데이라고 한다. 노년층까지는 아니더라도 사춘기 소녀에서부터 중년층에 이르는 여성들이 평소에 자신의 존재를 알리고 싶은 남성들에게 초콜릿으로 따뜻하게 인심 한번 쓰는 날이다.

　물론 시큰둥하게 반응하며 별다른 의미를 부여하지 않는 사람들도 있다. 나 또한 밸런타인데이나 화이트데이처럼 남들이 인위적으로 정해놓은 어떤 기념일에 선물을 주고받는 것에 대하여 별로 달갑지 않게 생각하는 편이다. 그 이유는 남들이 장에 간다고 나도 따라가듯이 부화뇌동하고 싶지 않아서이며 또 다른 이유는 상혼이 빚어낸 그릇된 사회현상이라는 비판적인 의식을 가지고 있기 때문이다.

　밸런타인데이의 기원을 찾아보니 3세기 로마의 전설에 따라 여자가 평소에 좋아했던 남자에게 사랑을 고백하는 것이 공식적으로 허락된 날이라고 한다. 물론 그때 당시에는 사랑을 전하는 매개체가 초콜릿이 아니었을 것이다. 최근에도 꼭 초콜릿이 아니더라도 자신만의 독특한 선물을 준비하여 가까운 지인들에게까지도 고마운 마음을 전하는 새로운 풍토가 생겨나고 있다고 하니 그나마 바람직한 현상이라고 생각한다.

사랑은 남녀 사이만의 전유물이 아니라 그 대상을 매우 포괄적이고 광범위하게 보아야 한다. 그것이 바로 모든 종교에서 강조하는 진정한 사랑의 개념으로서 이웃을 넘어 원수까지도 사랑하라는 것이다. 그런 큰 사랑은 봄바람처럼 감미로우며 추운 겨울날 따뜻한 아랫목에 발을 넣고 앉아 있는 것처럼 온기를 느끼게 해줄 것이다.

정신과 의사들의 말에 따르면 누구나 사랑하는 대상이 생기면 옥시토신이라는 호르몬이 분비되고 좋아하는 대상이 생기면 세로토닌이라는 호르몬이 분비되면서 마음이 차분해지고 기분도 좋아진다고 한다. 그러면 몸과 마음이 바쁘고 부지런해지면서 평소보다 많은 능력을 발휘할 수 있게 된다. 그것이 바로 사랑의 힘이라는 것이다. 또한 사랑하는 대상에게는 자신이 가진 모든 것을 주어도 아깝지 않고 어떠한 희생도 감수할 수가 있으니 우리가 사는 사회가 점점 더 아름답고 훈훈한 세상이 되는 것 같다.

그러나 좋은 것에도 나쁜 것이 섞여 있으며 모든 사람들이 나쁜 것이라고 해도 다 나쁜 것만도 아니라 많고 적음의 차이가 있을 뿐 좋은 것도 반드시 섞여 있다. 사랑도 나쁜 것은 아니지만 좋아하거나 사랑하는 대상이 생기면 소유해야겠다는 헛된 생각을 하는 사람

163

들이 종종 있으며 그 순간부터 보호본능도 함께 나타난다. 더욱이 보호본능이 정도를 벗어날 경우에는 상대방에게 내 생각을 강요하고 제지하는 선까지 가게 된다. 결국은 사랑의 텃밭에 원치 않는 불행의 씨앗도 함께 싹트는 것이다.

프랑스의 작가 생텍쥐페리가 쓴 소설 『어린 왕자』에 이런 대목이 있다. 어린 왕자의 별에 우연히 장미꽃이 피어났다. 장미를 사랑하게 된 왕자는 장미가 어디 다치거나 상처를 입을까 두려워 유리 덮개를 씌워 보호해준다. 별을 떠나기로 한 어린 왕자는 이별을 앞두고 장미에게 다시 유리 덮개를 씌워주려고 한다. 하지만 장미는 거절한다. 자신은 꽃이니 때로는 밤공기도 맞을 필요가 있고, 나비를 보려면 벌레 몇 마리쯤은 견뎌야 하며, 짐승들이 와도 가시 네 개로 자신을 보호할 수 있다고 말이다. 여기에서 우리가 한 가지 알아야 할 것이 있다. 사랑에 서툰 어린 왕자는 장미를 보호하려고만 했지만, 사실 장미는 우연히 도착한 낯선 별에 뿌리를 내릴 정도로 강인한 식물이었던 것이다.

여기서 법정의 말이 떠오른다. "아름다움은 결코 소유할 수 없다. 가지려고 하면 멀어지고 소유로부터 자유로울 때 비로소 누릴 수 있다." 오늘 밸런타인데이를 맞아 사랑하고 좋아한다는 것은 그 대상을 존중하고 대상이 원하는 바를 할 수 있게 도와주는 것이라는 사실을 한 번쯤 생각해보았으면 좋겠다.

사랑은 삶에 즐거움과 기쁨을 가져다주는 것으로 본연의 임무를 충분히 다한 것이다. 항상 지나치게 과도한 정서에서 문제가 발생하기 때문에 정도를 벗어난 사랑은 가끔씩 위기를 가져올 수 있다. 그래서 절제라는 고도의 기술이 필요하며 사랑하는 대상이 지치고 힘들어할 때는 응원하고 격려해줄 수 있는 것이 진정한 사랑이 아닐까 하고 밸런타인데이를 맞아 생각해본다.

작별인사

해마다 계절에 따른 날씨의 변화를 겪어보면, 초복에서 말복 사이가 일 년 중 기온도 제일 높고 덥다고 한다. 그러나 체감으로는 삼복 때보다도 실제로는 기온이 더 낮은 8월 중순 무렵이 가장 덥게 느껴지는 것 같다.

겨울에도 소한에서 대한 무렵이 기온도 제일 낮고 춥다고 하지만 실제로는 겨울이 끝나가는 2월의 한파가 더 매섭고 춥게 느껴진다. 그 이유는 간단하다. 기나긴 더위와 추위에 우리의 심신이 지칠 대로 지쳐 있고 인내심도 바닥이 났기 때문이다. 그래서 더위나 추위의 끝자락으로 갈수록 더 덥고 더 춥다고 느끼는 것 같다.

지난밤 온갖 매체에서 한파주의보를 외쳐대더니 오늘은 정말이지 모든 세상이 살을 에일 정도로 꽁꽁 얼어붙어서 마치 다른 세계가 열려 있는 것 같았다. 기상예보가 틀릴 때도 많아서 오늘도 오보였으면 했는데 역시 안 좋은 것은 정확히 맞았다. 그래도 엊그제 입

춘을 지나왔으니 계절은 다시 더위를 향하여 한 치의 착오도 없이 꾸준히 갈 것이다.

우주의 시계는 크고 무거워서 멈추어 있는 듯 천천히 가고 있기 때문에 세상은 평범하면서도 큰 변화가 없는 것처럼 느껴지는데 그나마도 사계절이 있어서 지루하지 않고 좋은 것 같다. 사계는 인간의 옷도 갈아입히지만 온갖 초목에게도 형형색색의 색다른 변화를 주어서 우리는 그저 고맙게 받아들이고 즐기기만 하면 된다. 이제 며칠만 있으면 남쪽 지방으로부터 매화가 피기 시작했다는 반가운 소식이 전해져올 것이다. 그러면 얼어붙었던 대지에 숨이 돌기 시작하고 거기서 온갖 생명의 기운이 꿈틀거리며 움트기 시작할 것이다.

대자연은 언제나 들릴 듯 들리지 않는 작은 속삭임으로 시작하여 큰 몸짓으로 움직이고 겸손한 마음과 아름다운 모습으로 조용히 마무리한다. 그리고 그 주기를 단 한 번도 잊지 않고 아침마다 자명종 시계가 울리는 것처럼 정확히 반복해준다. 대자연은 누가 시키지 않아도 스스로 그렇게 하고 있으니 인간은 그저 경외할 뿐이다. 이번에도 추위가 북쪽에 있는 머나먼 고향으로 돌아가면 세상에서 가장 아름답고 경이로운 작은 몸짓들이 느리지만 정확하게 움직이며 또다시 큰 흐름을 완성할 것이다.

사람은 한계라는 것이 있어서 시작은 잘 하지만 끝까지 매듭짓는 일에 서투르다. 대부분의 사람들은 중도에 지쳐서 마지막까지 색칠을 다 하지 못하고 끝내는 경우가 대부분이다. 그래서 그렇게나 많이 지표면에 얼굴을 내밀었다가 사라지는 무수한 사람 중에 성공하는 사람은 적고 실패하는 사람들이 대다수를 차지하는 것이다.

대자연처럼 봄에는 작고 조심스럽게 시작하고 여름에는 크고 힘차게 움직이며 가을에는 서서히 완성하여 결실을 맺은 다음 겨울에는 모든 것을 내려놓고 물러나 쉬어야 한다. 그러나 인간은 나약한 존재임에도 불구하고 모든 일에서 그 순서조차도 지키지 않으니 실패는 시작부터 예고된 것이다. 그래서 수없이 많은 옛 성현들이 하나같이 자연을 닮고 자연에서 배우라고 가르치는 것 같다.

이제 그만 일어나서 나만의 산책로를 걸으며 얼마 남지 않은 서늘한 찬 기운을 맛보러 갔다가 며칠 후면 먼 길을 떠나갈 겨울에게 작별인사나 하고 와야겠다.

10년 뒤에도 같은 후회

가끔씩 한적한 날에 정신이 맑을 때면 나이를 먹고 늙어가는 것이 눈에 보이는 것 같다. 그럴 때면 더도 말고 덜도 말고 딱 10년 전으로 되돌아갔으면 좋겠다는 어린아이 같은 생각을 해보기도 한다.

많은 사람들이 그랬겠지만 10대의 철없던 청소년기에는 얼른 성년이 되어서 지긋지긋한 공부에서도 벗어나고 좋은 직장에 다니면서 하고 싶은 것들을 마음껏 해보고 싶어 한다. 특히 어른들의 간섭에서 벗어나서 막연하지만 마음껏 자유로워지고 싶어 했었다. 그때는 그렇게 철은 없었지만 해맑은 꿈이 있었다.

그렇게 20대에 오면 실제로 10대의 소박한 바람이 이루어지기도 하지만 세상이 그렇게 호락호락하지만은 않다는 것을 깨닫게 된다. 혈기 왕성한 20대는 동서남북으로 좌충우돌하다가 폭풍우처럼 빨리 지나가는 것 같다. 그러나 설령 그렇다 해도 간섭받는 10대로 다시 돌아가고 싶은 사람은 몇 안 될 것이다.

30대에 접어들면 대부분이 배우자를 만나서 결혼을 하고 자식도 낳아 기르면서 자신들만의 보금자리를 마련한다. 그러고는 세상살이가 매섭고 냉정하다는 것을 어느 정도 인정하면서 나름대로 뿌리를 내리고 정착을 하지만 젊고 겁 없이 팔팔한 20대들을 바라볼 때면 조금씩 부러워지기도 한다.

중년에 접어든 40~50대에는 용이 하늘로 승천하듯이 자신의 꿈을 실현하는 사람도 있지만 많은 사람들이 현실을 수긍하고 포기하는 것을 배우게 된다. 그러면서 20~30대의 젊은 날들을 회상하며 그리워하기도 하지만 이제는 현실을 인정할 줄도 알기 때문에 회심의 미소만 지을 뿐이다.

노년기에는 그저 지나온 날들이 꿈만 같으니 되돌아가고 싶지만 안 된다는 것을 너무도 잘 알 만큼 연륜이 쌓였기에 그저 의식주 걱정 덜 하면서 병 없이 오래 살기만을 바랄 뿐이다. 그러니 젊고 늙음은 나이로만 구분될 뿐이지 과거를 회상하고 동경하는 것은 모두가 똑같은 것 같다.

누구나 10년 혹은 20년 전으로 되돌아갈 수 있다면 최소한 지금보다는 돈벌이든 건강 관리든 자녀 교육이든 어떤 면에서든지 훨씬 더 잘 할 수 있을 거라고 생각할 것이다. 세상은 그런 곳이 아닌 줄을 잘 알면서도 지나간 삶의 무대에서 저지른 실수나 잘못들을 깨끗하게 극복하고 다시 해보고 싶다는 생각에서 비롯되는 것이다. 실제로 성인 남녀를 대상으로 설문조사를 해본 결과 90% 이상이 과거로 돌아가면 지금보다는 훨씬 더 잘 살고 행복해질 자신이 있다는 대답을 했다고 한다.

그러나 지금 가지고 있는 인생의 경험과 삶의 지혜를 가지고 돌아가는 것이 아니라면 과거로 돌아가도 현재처럼 모든 선택을 할 것이며 그래서 또다시 비슷한 삶을 살게 될 것이라고 한다. 『채근담』에 보면 "아직 이루지 못한 일에 대해 하염없이 망상에 빠지는 것은 이미 이룩한 일을 잘 지켜나가는 것만 못하다. 그리고 이미 지나간 잘못을 부질없이 후회하는 것은 장래에 일어날 수 있는 잘못을 미리 대비하는 것만 못하다."고 홍자성은 말하였다. 그래서 우리는 지나간 과거에 미련을 두지 말고 새로운 시도를 하거나 변화를 모색해야 하는 것이다.

세상의 간단한 이치를 알면서도 행동하지 않기 때문에 때를 놓치는 잘못을 반복하며 살고 있다. 먹구름 뒤에는 맑은 하늘이 있다는 사실은 한 번만 생각해봐도 알 수 있는 이치이지만 멍청하게 앉아서 죄 없는 먹구름만 탓하고 있는 것이다. 명나라 중기의 유학자였던 진헌장은 "사람에게 허물이 많은 것이 부끄러운 것이 아니라, 잘못을 고칠 줄 모르는 것이 부끄러운 것이다."라고 했다.

사람은 생각하고 움직이는 동물인지라 누구나 잘못을 저지르고 후회할 일이 생기는 것은 어찌 보면 너무나도 당연한 것인지 모른다. 그러나 그런 허물들을 끊임없이 반성하면서 고쳐나간다면 그만큼 허물이 줄어드는 것도 당연한 것이다. 지나온 인생의 여정 동안에 수없이 많은 실수나 잘못을 저질렀든 열심히 살면서 좋은 일들을 많이 했든지 간에 그것은 이미 바다로 흘러든 냇물과 같은 것이니 바닷물을 퍼 옮겨서 냇가에 도로 붓는다고 옛것이 될 수 없는 것이다.

미래의 어느 시점에서 현재를 되돌아볼 때 과연 무엇이 후회스러운 일로 남을 것인지는 누구나 성찰해볼 의무가 있다. 세상일들이 내 마음대로 되지 않고 또한 내 힘으로 세상을 바꿔놓을 수 없는 것은 어찌 보면 당연한 것이다. 세상은 나 혼자서 살 수 있게 설계되고 다듬어진 무대가 아니기 때문이다. 그러나 세상일이 마음대로 되지 않는다고 자포자기하며 탄식만 할 바에는 자기 자신만이라도 먼저 바꿔보는 것도 괜찮은 방법이라고 생각한다. 그러면 새로운 길이 열릴 수도 있기 때문이다.

그리고 지금 내 마음속에는 어떤 씨앗을 뿌리고 내 뜰에는 어떤 나무를 심을 것인지 행복한 고민도 해보아야 한다. 그러나 조금 서둘러야 한다. 너무 늦게 심으면 수확을 할 수 없기 때문이다.

자신의 삶이 다했을 때 무엇을 남기고 떠날 것인지도 미리 준비를 해둬야 한다. 늙고 지쳐서 야윈 몸에 병까지 든다면 무엇을 할 수 있겠는가. 오랜 세월 동안 머무르며 신세졌던 자리에 그리고 그곳에서 함께 있었던 사람들에게 작은 선물 하나씩은 남겨주고 가야 하지 않겠는가.

당나라 시인 두보는 "당신들의 몸과 이름 역사 속에 사라져도 그들의 시와 이름 만고에 흐르리라."는 말을 남겼다. 나도 지금 이 글을 쓰면서 작가 흉내를 내고 있지만 나름대로 심혈을 기울여서 집필한 책 한 권쯤은 남기고 가고 싶은 게 솔직한 바람이다. 두보는 이어서 "아둔해도 책 만 권을 읽으면 글쓰기가 신의 경지에 이른다."고 했다. 나는 본래 글을 쓰는 사람은 아니었지만 남들보다 좀 일찍 은퇴를 하여 대화할 상대가 적어지다 보니까 하고 싶은 말들을 이렇게 글로 쓰고 있는 것이다.

　우리는 지금 해야 할 일과 10년 후에 해야 할 일을 알고 있어야
하며 우선순위도 정해야 한다. 그래야 차분하게 자신만의 길을 갈
수 있기 때문이다. 자신이 원하는 일을 찾았는데 그것을 수행할 수
있는 실력이 부족하다면 두보의 말처럼 글을 잘 쓰기 위해서 책 만
권을 읽는다는 각오로 매사에 임하면 된다. 그렇게 한다면 세상에
못할 것은 아무것도 없을 것이다.
　무슨 일이 됐든 아무리 어렵고 난해한 일이라 해도 한 분야에서
전문가의 반열에 오르는 데는 10년의 시간이면 충분하다. 자신이
죽음의 문턱 앞에 서 있는 경우만 아니라면 누가 몇 살의 나이에 시
작하든 간에 못할 것이 없다.
　그러니 길을 지나가다가 나보다 젊은 사람들을 보고 부러워할 것
도 없으며 과거라는 우물에 자신을 빠트려 죽이려고 할 필요도 없
다. 그저 10년 뒤에 후회할 일을 오늘 만들지 않으면 그것으로 충분
하다.

경제적으로 잘 사는 방법

세상 사람들의 99%가 넘는 일반인들에게 돈이 많은 게 좋은지 아니면 적게 갖고 있는 게 좋은지를 묻는다면 우문이라면서 바보 취급을 받을 게 뻔하다. 그러면 1%도 안 되는 목사님이나 신부님 수녀님 그리고 비구와 비구니를 비롯한 모든 스님과 그 이외의 종교와 연관이 있는 성직자분들에게도 같은 질문을 던진다면 아마 그분들도 같은 값이면 돈은 없는 거보다는 있는 게 좋겠다고 답변할 것 같다. 그 이유는 물욕에 대한 욕심이 있는 성직자도 있을 수 있겠지만, 그보다는 자신이 가지고 있어야 좀 더 공정하게 베풀 수 있고 더불어 꼭 필요한 곳에 나누어줄 수도 있으며 그 방법도 용이하다고 생각하기 때문일 것이다.

그러나 99%가 넘는 세상의 거의 모든 사람들이 재화나 용역을 구매할 수 있는 그 예쁘고 사랑스러운 돈을 잔뜩 소유하고 싶어도 원하는 만큼 갖지 못하는 것은 무슨 까닭일까? 세상은 무한대로 넓고 풍족한 것 같아도 모든 것에는 한계가 있기 때문에 국가나 법인이나

한번은 담고 한번은 풀고

개인이 소유하는 데 제한이 있을 수밖에 없는 것이다. 그래서 제로섬 게임처럼 경쟁력이 요구되므로 우리는 아침부터 저녁까지 일하고 심지어 누군가는 24시간이 모자랄 정도로 뛰고 또 달리는 것이다.

그럼 같거나 비슷한 소득을 가진 사람들끼리 경쟁을 했을 때 항상 비교우위를 점하면서도 더 귀티 나게 잘 사는 방법은 없을까, 만약 있다면 과연 무엇이 있을까 생각해보자.

첫째, 소비에 대한 인식의 전환이 필요하다. 무슨 일이든 전환점에는 명확한 기준이 있어야 하듯이 소비에 대한 관점도 예외가 될 수는 없다. 만약에 당신이 중산층이라고 생각한다면 중산층에 맞는 수입을 확보하고 지출은 서민처럼 하면 된다. 당연히 서민층은 극빈층처럼 소비하면 되는 것이며 부유층은 중산층처럼 소비를 하면 되는 것이다. 그럼 극빈층은 어떻게 해야 하는지 질문을 할 수도 있지만 극빈층은 이미 바닥에 와 있으므로 그냥 극빈층에 맞는 소비를 할 수밖에 없다.

그렇게 자신의 분수보다 한 단계 낮은 소비와 지출을 하고 그런 다음에 소득을 늘리는 궁리를 하여야 한다. 그리고 반드시 목표를 정해야 한다. 예를 들자면 10년 후에 중형 아파트를 장만하는 것을 목표로 한다면 그때까지는 최소한 한두 구간 정도는 낮추어 살아야 된다. 부부간은 물론이고 자녀들에게도 양해를 구하고 자발적인 합의를 이끌어내는 것도 매우 중요하다. 강제로 하는 것은 지속성이 없기 때문이다. 그런 다음 마음을 굳게 다져먹고 이를 악물고 살아가면 그것이 습관이 되고 그 습관이 시키는 대로 하게 되면 하나도 어색하지 않고 조금도 힘들지 않게 잘 해나가는 자신을 발견하게 될 것이다. 그래서 무엇이든지 시작이 중요하고 시작이 반이라고 하는 것 같다.

중산층이 중산층으로 소비를 하니까 매년 그날이 그날이고 발전이 없는 것이다. 한술 더 떠서 중산층이 부유층으로 소비를 하니까 결국 과소비로 인하여 가정경제가 파탄이 나고 무너지는 것이다. 그런 유형의 사람들이 빼놓지 않고 입에 달고 사는 말이 있는데 바로 경기가 어렵다느니, 경제가 어렵다느니, 돈맥경화가 와서 시중에 돈이 안 돈다는 등 하나같이 남 탓하면서 비관하는 말들이다.

예전이나 지금이나 자영업으로 창업을 하는 경우가 적지 않은데 통계청 자료에 따르면 2019년 현재 자영업에 종사하는 사람이 561만 명이라고 한다. 그중에 대부분의 사람들은 취업을 하지 못하거나 조기 퇴직을 해서 마지못해서 생계형 창업을 하는 경우이다. 그러나 그중에는 자신의 수입보다 많은 소비와 지출을 유지하기 위하여 욕심을 앞세워서 무리수를 두면서 창업을 하는 경우도 적지 않다.

그렇게 욕심만 앞세워 시장성이 없는 업종을 창업하거나 전망은 좋은데 준비가 부족한 상태로 창업을 하거나 운영할 능력이 부족한데 창업을 하기 때문에 실패를 하는 것이다. 이렇게 무모하게 시작한 사람들의 가정경제가 무너져서 자녀들이 학업을 포기하고 심지어는 이혼을 하고 가족들이 뿔뿔이 흩어져서 사회적인 문제를 야기하는 것이다.

둘째, 빚이 없어야 한다. 흔히 빚이라고 하면 은행에서 빌리는 담보대출이나 신용대출을 떠올리고 좀 더 확장해봐야 지인들에게 빌린 돈 정도를 빚이라고 생각한다. 그러나 우리가 간과하지 말아야 할 것은 카드로 재화나 용역을 구매하는 것도 빚이고 자동차 할부금이나 핸드폰을 할부로 구입하는 것도 빚이라는 사실이다. 왜냐하면 외상이기 때문이다. 속담에 외상이면 소도 잡아먹는다는 말이 있다. 그러니 잘 살고 싶은 생각이 있다면 없는 돈은 쓸 생각도 하지 말아야하고 실제로 쓰지도 말아야 한다.

물론 카드를 써서라도 꼭 소비를 해야 하는 경우가 있는데 그것은 쌀을 사는 돈이나 교통비 정도이지 그 이외는 쓰지 않는다고 큰일 날 것도 없다. 자동차가 꼭 필요하다면 새 차를 할부로 사지 말고 자신의 경제적 형편에 맞는 중고차를 구입해야 하며 그나마 중고차도 살 돈이 없으면 대중교통을 이용하면 된다. 핸드폰도 할부로 사야 한다면 마트나 우체국에서 판매하는 저가형을 구매하면 되고 굳이 고성능이 필요하다면 이 또한 중고 폰을 사면 되는 것이다.
　요즘에 말이 중고 폰이지 새 제품이 출시되면 유행 따라서 바꾸는 사람, 그냥 싫증이 나서 바꾸는 사람, 누구에게나 할부가 잘 돼서 바꾸는 사람들이 제법 많아서 새 제품 못지않다.

자산을 구매한다거나 투자를 할 때에는 자신의 현금 흐름 내에서 빚을 내도된다고 생각한다. 예를 들어 32평짜리 아파트를 사는데 돈이 부족하다고 20평만 잘라서 방 2개와 거실만 살 수 없으며 500평짜리 땅을 사는데 돈이 부족하다고 300평만 잘라서 공유지분을 만들어서 살 수는 없기 때문이다. 그러나 두 경우 모두 다 현재 대비 미래의 투자가치가 있다고 판단되었을 경우에 한한다. 그런 경우라면 빚을 내서라도 반드시 사야 되고 발품을 팔고 찾아다니는 노고를 무릅쓰고도 구입해야 한다. 흔히 말하는 지렛대 효과를 보기 위해서이다.

그런 경우가 아니라면 빚이라는 단어 자체를 인생에서 아예 지우고 살아야 한다. 작은 일도 습관이 되면 재앙을 초래하기도 하지만 아주 작은 노력으로 큰 성과를 내기도 하기 때문이다.

냉탕과 온탕을 오가듯

며칠 전부터는 덥다는 말을 빼놓고는 대화가 되지 않을 정도로 푹푹 쪄댄다. 아직도 여름의 끝자락은 멀기만 하니 당장 시원한 여름은 기대하지도 않겠지만 정작으로 더 덥게 만드는 것은 언론매체들이다.

우리나라는 면적이 작다고 해도 일본이나 베트남처럼 땅이 길쭉하여 지역에 따라서는 무려 7~8도의 기온 차이가 난다. 그런데 언론매체들은 가장 더운 지역과 가장 더운 시간을 골라서 끈적거림이 묻어나는 백사장이나 구슬땀 흘리며 일하는 노동 현장 등을 촬영해서 내보낸다. 그러면서 잘생긴 앵커와 기상 캐스터는 신이라도 난 듯이 부연 설명을 해서 과장된 장면들을 현실로 뒤바꾸어놓는다.

사실 아나운서들의 잘못이라기보다는 그들의 뒤에서 기획하고 연출해서 시청률을 올리려는 사람들이 있고 또 그들의 뒤에는 그러한 보도를 이용하여 이익을 추구하는 사람들이 있기 때문이다. 그

러나 그것을 바라보는 시청자들은 우매함을 감추지 못한 채 부화뇌
동하여 참을 만한 더위까지도 더 덥게 받아들인다. 어떤 이가 초여
름 날씨를 한여름 날씨로 느끼고 있다면 그에게 초여름은 삼복더위
만큼이나 무더울 수밖에 없는 것이다.

기상청의 기준에 따르면 한여름에는 낮 기온이 33도를 넘어야 폭
염이라 하고 밤에는 25도를 넘어야 열대야라고 한다. 이때는 움직
이지 않고 가만히 앉아만 있어도 땀이 흐를 정도로 무덥지만 살아
보니 폭염이나 열대야도 7일을 넘기는 경우는 거의 없다.

한겨울에는 낮 최고 기온이 영하 6도를 밑돌 때 기상청에서 한파
경보를 내린다. 이럴 때는 소가 오줌을 누어도 바로 얼어붙는다는
말이 나오고 실제로 외부에 노출된 것은 얼지 않는 것이 없다. 그러
나 이런 혹한도 7일 이상 지속되는 경우는 극히 드물다. 그리고 봄
가을은 기온으로만 봤을 때에는 여름과 겨울의 양 옆에서 잠깐 동
안 징검다리 역할만 하다가 사라진다. 그러다 보니 실제로 우리가
가장 살기 좋다고 하는 봄가을은 한 달 남짓밖에 안 된다. 그렇다면
일 년은 결국 7일 덥고 7일 추운 것인데 그렇게 호들갑들을 떨면서
덥다느니 춥다느니 입에 달고 사는 것이다.

이 또한 살아서 숨 쉬고 있으니까 느껴보는 행복이지 죽고 나면
춥고 더운 게 무슨 소용이 있겠는가. 계절의 변화가 없다면 지구상
에서 사라져야 할 것들이 헤아릴 수 없이 많을 것이다. 생태계가 무
너지는 것도 필연적이다. 가장 먼저 우리의 먹거리가 제한되어 식
단부터 바꿔야 할 것이다.

단적으로 지금 푹푹 찐다고 엄살을 부리지만 이렇게 고온다습한 날씨가 아니라면 우리가 주식으로 삼고 있는 벼농사는 불가능하다. 또한 인간의 삶은 단조로워져서 지루하고 식상할 것이다. 그러니 더위를 재촉하고 추위를 과장해서 이익을 추구하려는 사람들이 내놓는 근거도 없는 기상예보에 현혹될 것도 없으며 시청률을 높이려고 사실 확인도 없이 호들갑 떠는 매스컴에 장단 맞춰줄 필요도 없다.

공자는 "큰길에서 들은 것을 생각도 해보지 않고, 골목길에 들어와서 그대로 전달하는 것은 인격을 포기하는 것"이라고 했다. 공공의 이익을 대변하고 진실만을 보도해야 할 일부 언론들의 과장된 보도, 검증도 하지 않고 오히려 한술 더 뜨려는 보도 자세는 하루빨리 지양되어야 한다.

전문가들의 말에 의하면 지나친 TV 시청은 사람의 뇌를 무기력하게 만든다고 한다. 실제로 언론들은 대중을 자기들이 기획하고 의도하는 대로 획일화시키려는 경향이 강한 것 같다.

더불어 긍정적이고 훈훈한 뉴스는 시청률이나 구독률이 오르지 않으니까 부정적인 사건 사고 위주로 편성을 한다. 그런 언론에 오랫동안 길들여지다 보니 세상을 온통 나쁜 사람들에 의해서 나쁜 일만 생기는 곳으로 오판하는 부작용이 초래된다. 신문이나 잡지, 공중파나 케이블TV, 인터넷 매체 등 모든 언론은 존재의 이유를 망각하지 말고 공익을 추구해야 한다. 우리는 언제쯤이나 돼야 인기몰이를 하지 않고 과장되지 않으며 왜곡하지 않은 양심 있는 소식과 정보들을 받아볼 수 있을까.

지금은 여름의 한가운데 와 있으니까 실제로도 덥지만 언론이 더 덥게 만들고 모두가 덥다고 아우성치니까 또 더 덥다. 하지만 그렇게 느낀다는 것은 살아 있음을 증명해주는 것이다. 결국 살아 있음을 느끼는 것은 즐거운 일이지 절대로 고통스러운 일이 아니다. 내 몸이 한여름 속에 들어가 있을 때에는 머리와 가슴은 한겨울을 생각하고 내 몸이 한겨울 속에 들어가 있을 때에 머리와 가슴은 한여름을 생각해야 한다. 그렇게 더위와 추위를 사우나에서 냉탕과 온탕을 오가듯이 즐길 줄 아는 처세를 가져보았으면 좋겠다.

나만의 길

올가을에는 무슨 잘못을 하였기로 계절이 아름답게 수놓은 빛깔 고운 단풍들이 제대로 머무르기도 전에 또 떠나가는 아쉬움을 겪는지 모르겠다. 그저 잘못이 있다면 지난밤 늦가을 천둥소리와 함께 후둑 후두둑 떨어지는 빗소리를 들었을 뿐이다.

아침까지 길게 이어진 빗소리를 벗 삼아 일어나보니 곱게 떨어진 단풍잎들이 이리저리 휩쓸리다가 군데군데에 무덤을 만들어놓았다. 올가을만큼은 울긋불긋 아름다운 단풍들을 누구에게도 양보하지 않고 오래오래 곁에 두고 보리라며 벼르고 있었는데 지난해처럼 허사가 되었다. 그러나 비바람에게도 양심은 있었는지 모두 다 거두어가지는 않았고 내가 볼 만큼은 남겨두었기에 술 한 병 들고 나가면 아쉬운 대로 단풍의 향연을 즐겨볼 수는 있을 것 같다.

단 하루도 쉬지 않고 자연이 내어주는 선물들은 한없이 크고 위대하니 이 땅 위에 살아 있다는 것은 참으로 축복받은 것이다. 그래서 요즘처럼 대자연의 축제가 열리는 때가 되면 딱히 오라는 곳은 없어도 가야 할 데가 너무 많아서 하루해가 늘 짧기만 하다.

가족의 생계를 책임지기 위해서 바쁘게 생활전선에 있는 사람들과 자신의 이상을 실현하고자 하루를 일 년처럼 혼신을 다해 일하는 사람들에게는 이렇게 누리는 호사가 조금 미안하다. 그러나 현대문명이 내어준 각종 도구와 기계들에게 길들여져서 편하다는 한 가지 이유로 세상을 제대로 보지 못하고 소중한 것들을 빼앗기고 사는 사람들을 보면 측은지심이 들기도 한다.

『맑고 향기롭게』에 보면 "자신의 일상을 밑바닥까지 자각한 사람에게만 새로운 눈이 뜨인다. 그래서 어제까지 보이지 않던 사물이 보이게 되고 바깥소음에 가려졌던 내면의 소리도 들린다."는 말이 있다. 우리의 일상이 바쁘고 힘이 들수록 우리는 가끔씩 자신의 일상을 마치 포기라도 하듯이 내려놓을 줄도 알아야 한다. 그러고는 대자연 속으로 들어가서 눈도 씻고 자연이 전하는 말에 귀 기울여 들을 줄도 알아야 한다. 그래야만 자기 자신이 이야기하는 내면의 소리도 들어볼 수 있기 때문이다.

내 것 네 것이 따로 있나

산새들이 배불리 먹고 흥겹게 노래하는 것처럼 마음이 편안하고 넉넉한 날이 가끔씩 있다. 그런가 하면 어느 날은 짝 잃은 기러기가 구슬픈 노래를 남겨놓고 떠나간 것처럼 이유 없이 애달픈 날도 있다. 그러니 하루는 흥겨운 마음에 잔을 들고 또 하루는 애절한 마음에 잔을 들기도 한다. 그래서 삶은 태어나는 순간부터 즐거움이자 고통이라고 하는 것 같다.

그렇게 우리의 삶은 양면성을 가지고 있기 때문에 그것을 인정하지 않으려고 발버둥을 치면 칠수록 더욱더 얽매이고 고통이 뒤따르는 것 같다.

새치도 없이 검었던 머리는 어느새 흰 머리로 바뀌어가고 있는데 아직도 똑같거나 비슷한 일들만을 반복하고 있으니 몸과 마음을 수양하여 옛 사람의 그림자라도 닮아보려 했던 마음이 이제는 사치스럽게 느껴진다. 『도덕경』에 보면 "다른 사람을 아는 것을 지혜라 하고, 자기를 아는 것을 강하다 한다."라고 했다. 다른 사람을 아는 것은 지혜를 넘어서 지나친 욕심이라고 치부하더라도 자기 자신조차도 제대로 알지 못하는 것은 어리석고 심지어는 나태한 것이기 때문이다. 그러니 자신의 존재는 없고 그저 바람 부는 대로 흔들흔들 떠다니는 한 조각 구름만 남아 있는 것처럼 느껴지는 것이다.

태초부터 지금까지 낮과 밤이 수도 없이 바뀌면서 밝음과 어둠이 서로 자리를 내주고 또 그 자리를 차지해도 서로간에 다툼이 없었다. 그래서 지금까지 유구한 세월 동안 그 질서를 유지하고 있는 것이다. 그렇게 크고 방대한 우주의 변화에는 미동조차도 없으면서도 미물처럼 작은 인간이 잠시 겪는 번뇌는 왜 그렇게 크고 아프게 느껴지는지 모르겠다. 마오쩌둥은 "애간장 끊어지게 불평하지 말고, 넓은 도량으로 세상을 넓게 보라."고 말했다. 삶이 아프고 불평불만이 생기는 것은 언제나 좁은 소견으로 비교하는 데서 생기는 것이니 욕심을 버리고 좀 더 크게 보라는 것이다.

얼마 전에 이웃나라에서는 대지진이 일어나서 도시와 마을이 통째로 사라지고 수천 명의 목숨이 생매장되었다. 또한 우리가 사는 지구의 반대편에서는 홍수와 태풍이 일어나고 다른 한쪽에서는 전쟁으로 수천 수만 명의 목숨을 앗아가는 안타까운 일들이 벌어지기도 했다.

그렇지만 어떤 이에게 참기 힘든 일은 얼굴에 돋아나는 여드름이 될 수도 있고 어떤 이에게 가장 고통스러운 일은 자신이 앓고 있는 충치가 될 수도 있다. 아이러니하게도 인간의 이기심과 욕심은 그런 것이다. 사람들이 자신의 치부를 드러내지고 않고 대부분은 감추고 살기 때문에 눈에 보이지 않을 뿐이다.

감나무는 한 해에는 감이 많이 열리고 이듬해에는 적게 열린다. 요즘 개량종은 어떤지 모르겠지만 토종감은 그렇게 해거리를 한다. 또한 소나무는 죽음이 임박해질수록 솔방울을 많이 맺는다고 한다. 자신의 유전자를 최대한 많이 만들어서 남기려고 하는 것이다.

그런가 하면 살구나무는 나이가 들어 죽을 때가 가까워지면 쉬어가듯이 해거리를 한다고 한다. 제 몸뚱이가 스님의 목탁으로 쓰일 때가 되었음을 미리 알려주는 것이니 준비하라는 것이다. 이렇게 말 못하는 나무도 최소한 자신의 운명은 알고 있다. 그런데 만물의 영장이라고 자부하는 사람은 자신에게 다가올 미래에 대하여 너무도 모르고 남의 일처럼 무관심하게 사는 것 같다.

감나무가 흉년은 생각하지 않고 풍년이 드는 해만 있는 것으로 여길 수 있듯이 우리 인생살이도 잘 나갈 때는 언제나 풍년인 줄로만 착각을 하고 세상만물을 우습게 여긴다. 그러다가 세상일 다 마치고 제자리로 돌아와 보면 모아놓은 재물은 별로 없고 쌓아둔 인심도 딱히 없으니 인생은 허무한 것이라고 넋두리하는 것이다.

젊어서 고생은 사서도 한다고 했다. 수많은 도전과 경험을 통하여 경륜을 쌓으라는 것이니 젊어서의 가난은 죄가 되지 않으며 젊어서의 부족한 지식이나 지혜도 흠이 되지 않는다. 그러나 늙어서의 가난은 나라님도 구제해줄 수 없다는 옛말이 있듯이 초로의 빈곤은 가시밭길처럼 그저 고단할 뿐이다.

자신의 인생에 아직도 남은 시간의 잔고가 있다면 돌이킬 수 없는 잘못까지 끄집어내놓고 너무 심하게 자책할 필요는 없다. 후회도 알맞게 해야 심신에도 이롭고 다른 기회를 잡을 수 있는 여지도 생긴다. 더불어 남의 것도 내 것처럼 쓸 수 있는 지혜를 갖게 된다면 세상에 이룰 수 없는 것이 없는 경지에 이르게 되는 것이다.

소동파의 「적벽부」에 보면 "천지간의 만물은 저마다 주인이 있으니 내 것이 아니면 비록 터럭 하나일지라도 가져서는 안 된다. 다만 강 위에 부는 산들바람과 산 위의 밝은 달만은 귀에 들어오면 소리가 되고 눈에 닿으면 색깔이 되는데 아무리 가져도 금하지 않고, 써도 써도 없어지지 않는다오. 이것은 조물주의 무진장한 보물이니 나와 그대가 함께 즐길 수 있는 것이라오."라는 말이 있다. 인생을 구차하게 살지 않고 낙천적이면서도 넉넉한 마음이 배어나오는 말이다.

세상에는 우리가 알고 있는 것 이상으로 네 것도 내 것도 아닌 무주공산이 무진장으로 널려 있다. 가끔씩 경치가 수려한 강가나 산등성이에서 술 한잔 기울이며 읊조려보는데 참으로 감칠맛이 나서 안줏거리로 그만이다.

그러니 초로에 접어들수록 세상의 부귀영화에 대하여 너무 깊이 생각해서도 안 되고 지나치게 집착해서도 안 된다. 자신의 분수를 있는 그대로 받아들이고 자연의 아름다움을 향유하기에도 인생은 짧기 때문이다.

하늘과 땅 위에 보이는 천지자연이 모두가 내 것인데 술 한 병 살

돈만 있으면 되었지 무엇이 부족하여 더 구하려 하는가. 생각이 여기에까지 이르는 날은 한잔 술도 넉넉하고 그윽하여 잠자리마저도 편안하다.

아욱국

오늘도 여느 때처럼 혼점을 해야 하는 날이라 아욱국을 나름대로 정성들여 끓여보았다. 그리고 먹는 동안에는 습관적으로 켜놓은 TV에서 뭐가 나왔는지도 모를 정도로 참으로 맛있게 먹었다. 아욱이나 근대와 시금치는 장 볼 때마다 셋 중 한 가지는 빠트리지 않고 장바구니에 넣는 단골 품목인데 그중에서도 아욱이 으뜸이다. 가격도 한 단에 천 원대이니 금전적인 부담도 없고 오히려 힘들게 가꾸어서 헐값에 파는 것 같은 농부에게 고마움보다는 미안스런 마음이 들 때가 더 많다.

아욱국을 조금이라도 더 맛있게 끓이려면 우선 마른 냄비에 멸치를 한 줌 넣고 바싹 볶은 다음 물을 넣고 된장 한 스푼과 고추장 반 스푼을 넣고 펄펄 끓인다. 그런 다음 아욱을 세 토막 정도로 잘라서 넣고 끓이다가 마늘과 쪽파를 넣고 마무리하면 된다. 그런데 중요한 것은 된장과 김치가 좋아야 그 맛을 제대로 느낄 수 있다는 것이다. 그래서 된장은 3년 전에 돌아가신 장모님이 20여 년 전에 언제 죽을지 모른다면서 항아리째로 담가서 주신 것을 쓰고, 김치는 시골에 계시는 부모님 댁에서 형제들과 함께 담가 와서 시큼하게 잘 익은 김장김치를 먹는다. 그래야 아욱국의 별미를 완성시킬 수가 있기 때문이다. 그런 아욱국은 달지도 않지만 구수하면서 천연덕스럽게 담백한 맛이 우러날뿐더러 다 먹고 난 다음에도 입가에 그윽한 맛이 맴돈다.

예로부터 '생거진천 사후용인'이라는 말이 있는데 말인즉, 살아서는 진천 땅이 비옥해서 좋고 죽어서는 용인 땅이 명당이라는 말이다. 그처럼 내 고향인 옛날의 진천 땅은 무엇을 옮겨다 심든지 무슨 씨앗을 뿌리든지 곡식이 참으로 잘 자라서 해마다 풍년이었다. 그런데도 떨어진 고무신 꿰매 신고 옷도 몇 번씩이나 덧대서 꿰매 입고 늘 배가 고파서 허리가 휠 정도로 가난했으니 지금 와서 생각해봐도 객관적인 상식으로는 이해가 가질 않는 대목이다. 아무튼 경제적인 문제는 그랬다 치고 그때 우리 집 텃밭에는 부추와 아욱이 한쪽 구석에 나란히 심어져 있었는데 봄부터 가을까지 부추는 베어 먹고 아욱은 곁가지나 윗대를 따 먹지만 자라고 또 자라서 이웃집에 나누어주고서도 실컷 먹었다. 그런데 지금까지도 질리지 않고 아주 맛있게 자주 먹는다. 그러나 한세대를 지나온 지금의 우리 집에서는 아내나 아이들이 거의 먹지 않고 나 혼자만 좋아하기 때문에 오늘처럼 혼점을 할 때에만 본의 아니게 몰래 훔쳐 먹듯이 홀로 즐긴다.

어릴 적의 아욱죽은 대부분 점심이나 저녁에 먹었는데 가끔씩 아침 메뉴로 나오는 날도 있었다. 그러면 할아버지께서는 어김없이 '에미야, 쌀 떨어졌니?' 하면서 인자한 목소리로 걱정스레 묻는다. 그러면 어머니께서는 기다렸다는 듯이 "네……"하면서 말꼬리를 흐리듯 감춘다. 밥상 물리기가 무섭게 할아버지는 장에 가는 옷을 입고 나가신다. 그리고 그날 저녁에는 어김없이 쌀밥이 밥그릇마다 고봉으로 나오는데 너무 맛나고 배가 터질 정도로 행복해서 무슨 연유인지는 궁금하지도 않았고 묻지도 않았다. 그래서 아욱죽을 아침에 먹는 날에는 왠지 기분이 허하게 우울하지 않고 오히려 야릇한 기대감에 설레었던 기억이 난다. 아욱죽이 별거인가, 아욱과 쌀을 넣고 사정없이 끓이면 죽이 되는데 한 숟가락의 쌀이 한 사발의 죽이 되어서 나온다는 데 의미가 있었다.

장모님이 펄펄하게 살아서 큰 항아리 가득 담가주셨던 된장도 20여 년의 세월이 흐르다 보니 이제는 한 종지가량 남아 있다. 처음에는 깊은 맛을 몰랐고 또한 강원도 된장에 익숙하지 않아서 가끔씩 먹었지만 언제부터인가는 아껴 먹느라 조금씩 먹어서 그나마도 아직은 남아 있는 것이다. 시골에 계시는 어머님도 이제는 연로하시니 언제까지나 배추 모종하고 길러서 김장김치를 함께 담가 먹을 수 있을지는 기약이 없다. 또다시 험하게 굴곡진 세월이 도래하건, 아니면 둥글고 향기 나는 세월이 도래하건 간에 조금만 더 흘러가면 구수하게 풍겨오는 아욱국 냄새가 솔솔 그리워질 것 같다.

5

아름다운 별 지구

인기 없는 노래

저출산 고령화에 대한 경각심이 높아지면서 이를 우려하는 의견과 뒤늦은 대안들이 봇물처럼 쏟아지고 있다. 현실을 직시한 올바른 의견도 있는가 하면 강 건너 불구경하듯 현실을 외면한 탁상공론도 많은 것 같다. 그러나 저출산 고령화는 이미 시작되었고 가까운 미래에 아주 심각한 수준의 재앙이 될 것이라는 데에는 모두가 동의한다. 별 문제가 없을 것이라고 말하는 사람이 단 한 사람도 없을 정도이니 여론이 드물게도 일치한다.

일반적으로 발생하는 사회적인 문제는 해결할 수 있지만 저출산 고령화가 야기하는 문제는 한 나라를 구성하는 인구의 구조적인 문제로서 해결 방안이 없다는 데 그 심각성이 있다.

2018년 통계청 자료를 보면 우리나라 출산율이 대략 1명으로 출산 통계가 작성된 이래 최저 수준인 40만 명 아래로 떨어져서 30만 명도 위태로운 수준이라고 한다. 실제로 우리가 사는 동네에서도 아기 울음소리를 언제 들어보았는지 기억도 나지 않는다. 하지만 밤낮으로 고양이 우는 소리와 강아지 짖는 소리는 끊이지 않고 오히려 더 크게 들린다. 그뿐만이 아니다. 요즘 거리에 나가보면 유아용품 판매점은 눈을 씻고도 찾아볼 수 없지만 반려동물이나 애견용품 판매점은 슈퍼만큼이나 많아서 심청이 아빠가 와도 어렵지 않게 찾을 것이다.

그동안 정부는 출산율을 높여보고자 별의별 아이디어와 지원 정책을 쏟아냈지만 요지부동이다. 정부와 정치권에서는 저출산의 가장 큰 요인으로 맞벌이를 지목하고 있다. 그래서 출산할 때마다 출산장려금을 지급한다든가 출산휴가를 유급으로 확대한다든가 어린이집을 무상으로 보내준다든가 하는 식으로 수많은 당근 정책을 내놓았다. 그러나 가임기 여성들이 저출산의 요인으로 지목하는 것은 맞벌이를 해야 하는 이유이다. 그 빤한 이유를 정부나 정치권에서는 알면서도 모르는 척하는 것인지 정말 몰라서 외면하고 있는 것인지 묻고 싶다.

여성들이 직장생활을 하는 이유로는 여성의 사회참여와 자아실현을 위한 목적도 있겠지만 대부분의 경우에는 돈이 필요하기 때문이다. 그리고 돈을 벌어야 하는 가장 큰 이유는 집 장만을 하기 위해서이며 그다음이 자녀의 양육과 교육비를 충당하기 위해서이다.

2018년 고용노동부에서 발표한 자료를 보면 우리나라 근로자의 평균 연봉이 3,281만 원이라고 한다. 그나마 중위 소득은 2,500만 원이라고 한다. 그리고 부동산 114에 따르면 2018년 서울의 아파트 평균 매매 가격이 6억이라고 한다. 결국 보통 사람의 평균 연봉인

3,281만 원 중에서 절반인 1,640만 원씩을 34년간 모아야 보통 아파트 한 채를 살 수 있다는 얘기다. 34년 동안 소득의 50%를 저축한다는 것도 쉽지 않다. 그리고 34년이면 26세에 취업하여 60세 정년 퇴직 때까지 한평생을 오로지 집 장만을 하기 위해서 살아야 한다는 결론에 도달한다.

설령 집 장만은 그렇게 한다고 해도 나머지 소득의 50%인 1,640만 원을 가지고는 보통 사람들의 생활 수준으로 살기가 어렵다. 거기다가 결혼을 하고 아이를 낳아서 기른다는 것은 어불성설이다. 그러니 결혼을 하기도 어렵고 결혼은 어떻게 한다고 해도 출산을 안 하는 것이 아니라 양육할 돈이 없어서 못 하는 것이다.

지금 은퇴하는 세대가 그랬던 것처럼 집이 없으면 전월세로 여기저기 떠돌아다니며 근근이 살아도 된다. 하지만 당장 아이가 없다고 해서 사는 데 지장이 있는 것은 아니다 보니 대부분의 젊은 부부들이 자녀 계획을 미루거나 포기하는 것이다.

현재 교육 수준이 높아져서 대부분의 사람들이 보통 사람의 자격을 갖추었고 눈부신 과학기술의 발전에 힘입어 보통 사람의 소득도 달성하였다. 하지만 보통 사람의 수입으로 보통 사람이 거주하는 집을 장만하는 것은 어렵다.

평균 소득으로 집 장만이 어렵다는 것은 우리나라 정부가 내놓고 자랑하는 국내총생산(GDP), 국민총생산(GNP) 등의 수치는 아무런 의미가 없는 빛 좋은 개살구라는 것이다. 우리나라의 소득 대비 주거 비용이 이처럼 높기 때문이다. 그동안 정권이 바뀔 때마다 가장 손쉬운 경기부양책으로 아파트 가격이 올라가는 것을 주도하고 방조한 탓이다.

그러면 현 정부가 시도하고 있는 것처럼 강력한 정책을 동원해서 집값을 하락시키면 어떨까? 대출을 받아서 집을 장만한 모든 가구원들이 주택담보대출금을 감당할 수 있다면 논의 정도는 해볼 수 있을 것이다. 그러나 가계부채가 1,400조 원에 달한다. 국내 유가증권 시장의 시가 총액도 1,400조 원이다. 아이러니하게도 같은 금액이지만 그것은 그만큼 큰 액수라는 것이다.

집값이 일정 금액 이하로 하락하게 되면 개인파산은 봇물처럼 터질 것이고 국가는 초유의 부도 사태를 맞게 될 것이니 절대로 불가능한 일이다. 그러니 정부가 집값을 하락시켜서 무주택 서민과 신혼부부의 집 장만을 돕겠다는 말은 앞뒤가 맞지 않는다.

자녀 한 명을 낳아서 대학을 졸업시키는 데까지 약 23년 동안 소요되는 양육 비용이 대략 4억 원이라고 한다. 이는 2017년 NH투자증권 100세시대연구소가 한국보건사회연구원의 조사 자료를 토대로 산출한 금액이다. 이렇게 많은 양육 비용은 먹고 입히고 학교 보내는 데 들어가는 돈 때문이 아니라 사교육비 때문이라는 부연 설명도 함께 내놓고 있다.

이쯤 되니 우리나라 결혼 적령기의 청년들이 결혼을 미루거나 기피하는 현상이 생겨나고 결혼을 해도 출산을 미루거나 포기하는 현상이 생기는 것이다. 2018년 통계청 자료에 따르면 자녀 없는 기혼 여성이 사상 처음으로 100만 명을 돌파했다고 한다.

요람에서 무덤까지 가는 긴 여행길에서 가장 많이 소요되는 비용은 집 장만과 자녀 양육 비용 그리고 노후 자금이다. 세 가지 모두가 적은 비용이 아니며 어느 것 하나 소홀히 할 수 있는 게 아니라 절대적으로 필요한 돈이다.

386세대까지만 해도 그래도 아이 둘은 낳아서 길러야 한다는 사회적인 공감대와 인식이 있었다. 그러나 아파트 대출금에 허덕이고 자식들 뒷바라지하다가 무방비 상태로 노후를 맞이하는 것을 가까이에서 지켜본 다음 세대들의 선택은 하나로 귀결된다. 사는 집을 포기할 수도 없고 노후를 포기할 수도 없으니 어쩔 수 없이 출산을 포기하는 것이다. 그렇게 중차대한 출산은 필수가 아닌 선택사항이 되었고 우선 순위에서도 당연히 밀려난 것이다.

나는 저출산 고령화에 대한 해결책으로 두 가지를 제안하고 싶다. 하나는 임대주택을 대폭 늘리는 것이고 또 하나는 사교육을 뿌리째 뽑아버리는 것이다. 한국토지주택공사에 따르면 우리나라의 장기임대주택 보급률이 5.9%라고 한다. 네덜란드 32%, 오스트리아 23%, 유럽연합(EU) 평균 15%에 한참 못 미치고 경제협력개발기구(OECD) 국가평균 11.5%의 절반 수준이다.

물론 우리나라도 임대주택을 꾸준히 공급하려고 노력하고 있다. 그러나 수요에 비하여 공급량이 현저하게 부족한 것이 문제인데 우리나라 국력으로 볼 때 20%까지는 공급이 가능하다고 본다. 물론 막대한 재원이 필요하고 형평성에도 크게 위배되는 사안이므로 사회적 합의가 있어야 한다.

정부는 2005년 저출산 고령화 사회 기본법을 제정한 이후 10여 년간 약 80조 원이 넘는 돈을 출산율을 높이는 정책에 썼다. 지자체 가 쓴 돈까지 합치면 100조 원이 훌쩍 넘는다. 그러나 출산율은 청 개구리처럼 반대로 가면서 더 떨어지고 있다.

100조 원이면 방 두 칸짜리 아파트를 100만 호 지을 수 있는 많은 돈이다. 쉽게 말해서 공짜로 줘도 100만 가구에게 줄 수 있는 엄청난 물량이라는 것이다. 현실적으로 무상 제공은 형평성에 위배된 다고 볼 수 있으니 건축 비용의 절반 가격인 5,000만 원에 장기임대를 준다면 200만 호를 지어서 200만 가구에게 공급할 수 있는 돈이 다. 한 가구를 3인 가족으로 계산한다면 600만 명의 무주택자가 집을 갖게 되는 것이다.

선진국들의 사례를 보면 공공임대주택 보급률이 10%가 되면 대 부분의 저소득층 국민들에게 안정된 주거를 보장할 수 있다고 한 다. 20%를 보급한다면 나머지 10%는 신혼부부에게 공급할 수도 있는 것이다. 그러면 집이 없어서 결혼하지 못하고 돈이 없어서 출산 하지 못하는 부부가 크게 감소할 것이다. 중장기적인 관점에서 볼 때 분명히 남는 장사라는 것이다.

현재 대한민국에 살면서 사교육의 병폐와 그 심각성에 대하여 모 르는 사람은 없다. 한 나라의 미래인 청소년들의 올바른 성장을 가 로막고 학부모의 허리를 휘게 만드는 사회악이다. 그리고 출산율 을 떨어뜨리는 주범 중 하나이며 계속해서 젊어지고 가기에는 너무 도 무거운 짐이 아닐 수 없다. 국민 모두가 알고 있고 정부나 정치권에서도 다 알고 있으면서 사교육 종사자들의 표를 의식하는 것인지 감히 손을 대지 못하고 있다. 구더기 무서워서 장 못 담그는 꼴이다.

사교육의 대대적인 폐지는 온 국민이 공감하고 있는 사안이므로 사회적인 합의도 필요 없고 임대주택처럼 막대한 재원이 소요되지도 않으며 중장기적으로 시간이 필요한 것도 아니다. 하고자 하는 의지만 있다면 당장 오늘부터라도 할 수 있는 것이다.

이렇게 장기임대주택을 늘려서 안정된 주거를 보장하고 사교육을 전면적으로 폐지하여 적정한 양육 비용을 보장해야 한다고 생각한다. 그러면 범국가적인 차원에서 제발 결혼 좀 하고 애기 좀 낳아 달라고 사정사정 하지 않아도 전국 방방곡곡에서 웨딩 마치 소리가 울려 퍼지고, 어린아이 울음소리도 개 짖는 소리보다 더 크게 메아리쳐 들려올 것이다.

봉급쟁이

직장 생활하는 사람치고 월요일이 기다려지는 사람은 아마도 없을 것이다. 그러나 주말은 생각만 해도 날아갈 듯 홀가분해지고 축 늘어졌던 몸에서는 힘이 솟아난다. 그러나 주말도 막상 지나가고 일요일 저녁이 되면 한마디로 김새고 당장 다음 날 출근과 일주일 치의 부담감이 밀려든다. 그래서 정작 출근하는 월요일 아침보다도 일요일 저녁이 정신적으로 더 힘들고 허탈한 것 같다. 입사한 지 일년이 다 돼가도록 아직도 눈치나 보는 새내기 사원도 그렇고 승진에 목이 말라서 죽기 살기로 일만 하는 만년 과장도 다르지 않으니 평범한 직장인의 일주일은 늘 그렇다.

그러나 사업의 규모가 크든 작든 상관없이 최소한 자기 사업을 하는 사람은 일을 중단해야 하는 주말이 제일로 싫다. 월급을 받는 사람과 주는 사람이 이렇게 차이를 보이는 것은 너무나도 당연한 것이다. 월급을 주는 사람은 자신의 사업체가 잘돼서 번창하는 것 그거 하나에 모든 인생을 걸고 올인한다. 월급을 받는 사람의 입장에서는 회사에서 승진하고 연봉도 오르고 복리후생까지 빵빵하다면 최상의 직장이다. 그러나 내가 몸담고 있는 회사가 잘됐으면 좋겠다는 생각은 우선순위에서 밀려나 있는 것도 사실이다. 회사가 발전해야 연봉도 오르고 승진하는 의미도 있다는 정도야 잘 알고 있지만 나 혼자 지구를 지키고 나 혼자 나라를 지킬 수 있겠느냐는 논리로 내가 아니더라도 어떻게 잘되겠지 하면서 그냥 강 건너 불 보듯 하는 것이다.

　내가 직장을 선택했든 선택을 받았든 간에 회사와 나는 부부처럼 한 몸이라는 생각으로 일하는 사람이 별로 없다는 사실에 안타깝고 아쉬운 마음이 든다. 내가 몸담고 있는 직장은 나의 사회적 보금자리요 나를 지탱해주고 지켜주는 울타리이다. 자신을 회사의 일회용 부속품쯤으로 치부한다거나 있어도 그만 없어도 그만인 존재라고 생각하고 매사에 임한다면 그것은 결국 자기 자신을 스스로 버리는 행위와 다르지 않다. 회사의 오너나 상사들이 인정을 하든 말든 상관없이 내가 몸담고 있는 동안은 당당히 회사의 주인이라는 생각을 하고 회사를 위해서 일해야 한다. 그것은 공짜로 일해주는 게 아니라 대가를 받는 사람의 책임과 의무이기도 하다.

　그런 마음가짐으로 모든 일에 임한다면 월급을 주는 사람처럼 힘들지도 않고 일에서도 보람과 성취감도 느낄 것이다. 일이 즐거워지면 자연히 성과도 잘 나올 것이며 성과가 잘 나오면 인정받고 자부심도 갖게 될 것이다. 남들에게는 어떻게 보일지 몰라도 자신으로서는 무한 긍정의 아이콘을 갖게 되는 것이다. 지금 자신의 눈높이에서 롤 모델이라면서 동경하는 사람이 있다면 아마도 그런 사람일 것이다.

그렇다고 무리하게 연장 근무를 하거나 휴일에도 일에 매달려서 헤어 나오지 못하면 안 된다. 그렇게 된다면 결국은 일에 대한 의욕을 저하시키고 삶의 질도 떨어트려서 오히려 낙오자가 될 가능성이 크기 때문이다.

시간에 비례하여 성과를 내는 1차 산업에서는 일의 효율성을 기대하기가 어렵다. 그저 시간에 비례하여 많은 결과물을 도출해내기 때문에 새벽부터 밤늦게까지 일을 하는 수밖에 없다. 그러나 2차 산업 이상의 영역에서는 일의 효율성을 얼마든지 찾을 수 있다. 가령 하루 종일 할 것을 한나절에 마칠 수도 있고 하나의 행위로 두 배 이상의 성과를 낼 수도 있다. 도랑 치고 가재 잡는다는 옛말처럼 본인에게 의무적으로 주어진 일을 하면서도 또 다른 성과를 함께 도출해낼 수도 있는 것이다. 또한 물 들어올 때 배 댄다는 말이 있듯이 기회를 잘 포착하면 의외의 결과를 낼 수도 있는 것이니 다각도로 방법을 찾다 보면 기회는 반드시 존재한다.

처음부터 해답을 찾을 수 없다면 선임자들이 하는 것을 보고 벤치마킹하면 된다. 또한 길을 찾을 수 없다면 앞서간 이들을 따라가면서 자신을 돌아보아도 늦지 않다. 속수무책으로 아무런 방법이 없다고 단정하는 것이 문제일 뿐이다. 아직 미숙하여 해결책을 찾지 못하고 있는 것이지 깊이 생각하고 조언을 구하고 찾다 보면 반드시 실마리가 보이고 방법이 나타날 것이다.

그러나 끝까지 보이지 않는다면 나의 적성에 맞지 않는다고 생각하고 이직을 고려해보는 것도 나쁜 방법은 아니다. 중요한 것은 나무가 아니라 숲을 보듯이 내가 하고 있는 일들을 한번에 파악하고 머릿속에 그려볼 수 있어야 한다는 것이다. 일을 할 때에는 숲속에 들어가서 하지만 일을 시작하기 전과 끝마치고 나서는 숲을 보듯 전체를 보는 노력을 해야 하고 또 볼 줄 알아야 된다. 그리고 일이 꼬이거나 잘 풀리지 않을 때에는 즉시 그 숲을 나와서 전체적인 윤곽을 다시 보아야 한다. 그것은 무식하게 열심히만 하는 것이 아니라 지혜롭게 열심히 하라는 것이다.

자신의 힘으로 치울 수 없는 장애물이 나타나서 앞을 가로막고 있을 때에는 다른 사람의 힘을 빌려서 치울 줄 아는 융통성도 있어야 한다. 그러려면 평소에 임의롭게 부탁할 수 있는 좋은 인간관계를 많이 만들어놓아야 한다. 일요일 저녁이 소풍 전야처럼 기분 좋은 밤이 되기 위해서이다. 그렇게 불금도 기다려지고 월요일도 기다려진다면 앞으로 도래하는 모든 날들이 기쁘고 행복할 것이다.

삶의 우선순위

우리는 눈 코 뜰 새 없이 바쁘게 사는 사람을 보면 부지런하다고 한다. 그런데 바쁜 것과 부지런한 것이 동의어가 될 수 있을까? 먼저 정답은 NO이다.

바쁘다는 말의 사전적 의미는 일이 많거나 또는 서둘러 해야 할 일로 인하여 다른 일은 할 겨를조차 없다는 뜻이다. 그러나 부지런하다는 사전적 의미는 어떤 일을 할 때 꾸물거리거나 미루지 않고 한다는 것이다. 그래서 현대인들을 가리켜 부지런히 산다고 하지 않고 바쁘게 산다고 말하는 것 같다.

어떤 사람은 바쁘게 산다는 것을 두고 성실하게 열심히 산다고 말하지만 나는 그렇게 생각하지 않는다. 왠지 바쁘게 산다고 하면 울타리에 갇혀서 열심히 일만 하는 노예가 연상되고 성과도 없이 온종일 쳇바퀴를 돌리는 다람쥐가 연상되기도 해서 울적한 기분이 들기 때문이다.

세상에는 수천 수만 가지의 직업이 있다.『경기일보』에 따르면 나라별로 직업의 수가 차이는 있지만 한국에 11,655개, 일본에는 17,209개, 미국에는 30,654개의 직업이 있다고 한다. 이렇게 직업이 많으니 부지런히 해야 끝낼 수 있는 일도 있고 바쁘게 해야 완성되는 일도 있을 것이다.

그런데 그렇게 바쁘게 살지 않아도 되는 사람들까지도 부화뇌동하여 정신없이 살고 있다는 것이 문제이다. 노예처럼 주인이 강제로 시킨 것이라기보다는 다람쥐처럼 스스로 그렇게 사는 경향이 더 강하다고 볼 수 있다. 그렇게 자신의 일에 갇혀서 벗어나지 못하고 있으니 하늘 한번 제대로 쳐다보지도 못하고 사는 것 같다. 그렇다고 고고한 자태를 뽐내보려는 해바라기가 되는 것도 아니다. 원래 해바라기는 이름처럼 평생을 하늘만 쳐다보며 사는 식물이다. 반면 돼지는 먹을 것 찾느라고 평생을 땅만 보면서 산다고 한다. 그런데 인간은 식물도 아니고 동물도 아니며 누가 시키는 것도 아닌데 스스로 그렇게 한다.

우리나라 사람들이 바쁘게 살도록 내몰린 이유 중에는 우선 연평균 2,113시간에 달하는 과중한 근무 시간과 칼퇴근 없는 직장의 근무 환경이 있다. 그리고 옛날 농경사회에서 답습된 생활습관도 있을 것이다. 바쁘게 사는 것이 선행하는 미덕이라도 되는 듯이 패스트푸드의 인기도 아주 높다. 언제나 시간이 부족하니 얼른 먹어야 하는 이유도 있지만 빨리빨리라는 조급한 문화가 이미 몸에 뱄기 때문에 그렇기도 하다.

또한 시간과 공간을 초월하여 세상과 접속할 수 있게 해주는 컴퓨터와 핸드폰도 주범 중에 하나이다. 우리는 PC와 핸드폰을 통해서 수많은 정보의 바다에 접속하고 SNS를 통해서 지구의 반대편에 있는 사람들과도 24시간 소통이 가능하다. 그것들이 우리를 한없이 바쁘도록 만든다. 우리 현대인들은 PC나 핸드폰에 접속해야만 자신의 존재를 발견하는 것 같다. 그래서 잘 때도 핸드폰을 머리맡에 놓고서 자고 심지어는 쥐고 자는 사람도 있으니 이보다 더 사랑받았던 물건은 동서고금을 통틀어 없었다.

아침에 눈을 떠서도 고요하게 밝아오는 창밖을 바라보는 것이 아니라 작은 핸드폰 화면을 보면서 하루를 시작한다. 심지어는 자신이 핸드폰을 들고 다니는 것인지 핸드폰이 자기를 데리고 다니는 것인지 분간이 안 갈 때도 있다. 이쯤 되면 핸드폰이 기계가 아니라 살아 있는 생물이라는 생각이 들기도 하고 또 하나의 사람이라는 착각마저 든다.

그러나 접촉은 PC나 핸드폰을 통한 접속과 다르게 직접 대면하는 만남이다. 선생님과 친구들을 만나러 학교에 가는 것도 접촉이고 일하러 직장에 가는 것도 접촉이며 하루 일과를 끝내고 집으로 가는 것도 접촉이다. 그렇게 일상생활에서 이루어지는 접촉은 줄이거나 생략할 수 있는 것이 아니다.

반면 친구나 연인과의 만남이나 동창회나 친목회 같은 만남은 얼마든지 줄이거나 제어할 수 있는 접촉이다. 약속을 하지 않을 수도 있고 만남을 선별할 수도 있으며 거부할 수도 있기 때문이다. 모두가 자신에게 선택권이 있는 것들이지만 단호하게 거부하지 못하고 어영부영 따라다니느라고 하루 종일 마냥 바쁜 것이다.

물론 도를 닦는 수도승처럼 세상과 단절하고 살라는 말은 아니다. 친구도 만나지 말고 사랑도 하지 말라는 이야기는 더더욱 아니다. 지셴린은 "사랑은 반드시 해야만 하는 것! 다만 자기 자신을 위한 시간은 꼭 떼어놓길 바란다. 사랑은 은근할수록 좋다."고 말했다. 사랑은 필요하고 좋은 것이라고 말하면서도 절제된 사랑이 더 아름답다는 것이다. 그리고 대상의 우선순위는 상대방이 아니라 자기 자신이며 그래서 자신만의 시간이 소중하다고 하는 것이다. 그러니 사랑은 닿을 듯 말 듯 지근거리를 두고 하는 게 좋은 것 같다.

붙어서 움직이지 않는 것은 정적이지만 살짝 거리를 두게 되면 어쩔 수 없이 움직여야 하므로 동적이며 그래야 살아 있는 사랑이 되는 것이다. 살아 있어야 함께 성장하고 꽃처럼 향기도 뿜어낼 수 있으며 사랑의 대상이 되는 동시에 사랑의 주체가 될 수도 있기 때문이다.

절제되지 않은 무분별한 접속과 선별되지 않은 접촉으로 인하여 안 그래도 바쁜 인생을 더 바쁘게 내몰아세울 필요는 없다. 바쁘게 살다 보니 내 시간이 없고 내 시간이 없다 보니 나라는 존재가 실종되고 없는 것이다. 그렇게 내가 실종되었으니 나를 바라볼 수 없는 것이다. 결국 나를 바라볼 수 있는 나만의 시간이 있어야만 진정한 자아를 실현할 수 있는 것이며 내가 있어야 네가 있고 내가 있어야 세상도 존재하는 것이다. 왜냐하면 내가 없는 세상은 아무런 의미가 없기 때문이다.

언제나 바쁘게 살다 보니 매일매일 허둥대기만 할 뿐 뭐 하나 제대로 되는 것도 없다. 그러니 손에 들고 있는 물건을 찾아 헤매고 머리는 동쪽을 가리키는데 몸은 서쪽으로 가고 있다. 그뿐인가, 아침에 일어나서는 저녁인 줄로 착각하고 명함을 줘야 하는데 카드를 내밀고 있으며 자기가 말을 하면서도 자신이 도대체 무슨 말을 하고 있는지도 모른다.

잘 익은 술도 한 번 걸러야 맛있는 것처럼 삶에서도 거를 건 걸러내고 알맹이와 껍데기도 구분할 줄 알아야 한다. 그 시작이 바로 일에 우선순위를 두는 것이다. 일에 우선순위를 두지 않고 눈에 보이는 대로 하거나 그때그때 닥치는 대로 한다면 그것은 결국 자신의 어리석음을 드러내놓고 자랑하는 꼴이 될 뿐이다.

무분별한 접속과 접촉으로 바쁘게 살다 보면 자기 자신은 물론 주변 정리도 되지 않는다. 그래서 툭하면 버스 놓치고 발을 동동 구르는 일을 자주 겪게 되는 것이다. 그것은 일과 삶에 우선순위를 두지 않고 바쁘게 사는 현대인들의 공통된 증상이다. 이런 증상은 현대의학으로도 고칠 수 없는 질병이니 오로지 자신만의 시간을 갖는 것이 의술이고 자신을 성찰해보는 것이 약이다.

이만하면 평등하다

우리가 살고 있는 세상이 과연 평등한가라고 질문을 한다면 아마도 고개를 끄떡일 사람은 몇 안 될 것이다. 사람은 생김새부터 다르니 아예 시작부터 다른 셈이다. 사람을 붕어빵처럼 틀에 넣고 찍어내지 않는 이상 같을 수가 없기 때문이다.

그래도 처음에 태어났을 때에는 모두가 비슷한 것 같았지만 살아가면서 점점 더 달라져간다. 생긴 것도 다르지만 사고방식도 다르고 그렇다 보니 각자의 개성이 생기고 능력도 천차만별이 된다. 그래서 빈부의 격차와 사회적 신분의 차이가 생겨나고 그로 인한 불평등에 대해서 불만의 목소리가 높지만 이것은 어느 날 갑자기 생긴 사회현상이 아니다. 인류가 농경을 시작하고 집단 생활을 하면서부터 이제까지 이어져 내려오는 인류 역사상 가장 오래된 유물 중의 하나이다.

그나마도 민주주의가 정착하면서부터 사회적 신분의 차이는 많이 사라진 것 같다. 이제는 대통령도 파면을 시키고 구속시키는 사회가 되었으니 권력도 민의를 따라야 하는 좋은 세상이 되었다.

그러나 빈부의 차이는 예나 지금이나 별로 달라진 것이 없다. 자본주의가 깊이 뿌리를 내린 후부터 부익부 빈익빈의 현상이 더욱더 두드러지게 나타나는 것 같다. 빈부의 격차에서 야기되는 사회적 갈등과 지배 구조의 문제에 대해서는 쉽게 해결책을 찾기도 어렵다. 어느 누구도 많이 가진 자의 것을 강제로 빼앗을 수 없고 임의로 배분할 수도 없으며 공유할 수도 없기 때문이다.

그렇다고 세상이 항상 일방적이고 불합리한 것만은 아닌 것 같다. 우리가 보다 광의적인 관점에서 세상을 바라보면 빈부의 격차나 신분의 격차보다 더 큰 부분에서는 누구나 공평하다는 것을 알 수가 있다. 우선 생사에서 차별이 없으니 누가 숨을 몇 번 더 쉬고 덜 쉬느냐의 차이가 있을 뿐 모두가 동시대에 태어나서 동시대에 죽는다.

즉 돈의 액수나 신분의 차이만큼 더 살고 덜 사는 게 아니라는 말이다. 그리고 국경을 초월하여 어디에서나 살아갈 수 있는 드넓은 세상이 누구에게나 주어져 있다. 거주 이동의 자유가 있고 본인의 선택에 따라서 얼마든지 하고 싶은 일을 할 수가 있다.

또한 1년 365일과 하루 24시간이 누구에게나 똑같이 주어진다. 단 1초의 차별도 없으며 돈이 많다고 해도 시간을 파는 데가 없으니 재산이나 신분의 차이만큼 더 갖고 덜 갖는 게 아니다. 우리 모두가 너무나도 당연하게 생각하는 것들이다. 그래서 중요하게 생각하지 않는 것이다. 우리가 너무나도 당연하다고 생각하는 것들에 대해서는 대부분 잃어봐야 그때 가서 당연한 것들의 소중함을 깨닫는 우를 범한다.

그렇다면 가난을 벗어나는 길은 없으며 사회적 신분 상승은 요원한 것인지를 되묻지 않을 수 없다. 세상의 모든 만물이 각자의 쓰임새가 있듯이 사람 또한 누구나 자기만의 재능을 가지고 태어난다. 그러나 그것을 발견하지도 못하고 그래서 제대로 써보지도 못하고 생을 마감하기 때문에 늘 불공평하다며 자괴감에 젖은 넋두리를 늘어놓는 것이다.

제갈량의『계자서』에 보면 "배우지 않으면 재능을 펼칠 수 없고, 뜻이 없으면 학문을 성취할 수 없다."는 말이 있다. 생사를 넘나드는 전쟁터에서 왜 이런 편지를 써서 아들에게 보냈는지 과연 와룡선생의 면모를 엿볼 수 있는 대목이다.

어머니 뱃속에서 가지고 나온 재능은 바로 쓸 수 있는 것이 아니다. 어디에도 막힘없이 자유자재로 쓸 수 있으려면 깊이 배우면서 갈고 닦아야 한다. 김연아는 트리플 점프를 하기 위해서 3천 번을 넘어지면서도 포기하지 않고 한 번 더를 외치며 노력한 결과 피겨 스케이팅계의 여제가 되었다. 흔히 회자되는 1%의 재능과 99%의 노력에 의해서 이루어낸 값진 결과이다. 우리가 박수 치고 찬사를 보내면서도 한편으로는 부러워만 하는 데서 그쳐서는 안 되는 대목이다.

지식도 자신에게 필요한 만큼만 배우게 되면 더 이상 진보하지 못하고 제자리걸음만 하게 된다. 높은 뜻을 세우고 큰 꿈을 가져야 학문도 그에 걸맞은 경지에 다다를 수 있는 것이다. 그러니 세상은 공평하다고 잠꼬대하면서 잠만 자고 있어서도 안 되겠지만 불공평하다고 불평불만을 늘어놓으며 신세한탄만 할 것도 없다. 그런 피해의식에 젖어서 자신을 비하하고 세상을 원망한들 얻을 수 있는 것은 더욱 초라해지는 자기 자신뿐이다. 분골함이나 땅속에 들어가서 후회한들 무슨 소용이 있으랴.

자신이 즐기면서 잘할 수 있는 일을 찾고 거기에다 노력이라는 옷을 하나씩 하나씩 입혀나가면 세상에 나와서 떨거나 두려워할 것이 없다. 또한 어떠한 일에서든지 어느 정도의 경지에 이르게 되면 그것은 세상과 소통하는 도구가 되기도 한다. 그리고 그것이 세상에 우뚝 서는 유일한 비결이다. 그래서 세상이 공평한지 불공평한지에 대한 답은 문밖에 있지 않고 바로 내 안에 있는 것이다.

때로는 구경꾼처럼

숨겨진 진실이 드러나는 데에는 시간도 오래 걸리지만 대부분이 깜짝 놀랄 만한 사안이 아니다 보니 그냥 무덤덤하게 지나치게 되고 심지어는 진실이 소외되고 외롭기까지 하다. 그러나 진실은 수많은 모래 속에서 살포시 드러나 홀로 반짝이는 보석과도 같고 오랜 장마 끝에 먹구름이 걷히고 밝은 햇살이 드러나 온 세상을 비추는 것과도 같다.

반면에 거짓은 솔깃하여 들어주는 사람은 많지만 그것을 증명하기 위해서는 분주하게 움직여야만 한다. 왜냐하면 거짓은 실체가 없는 것이라서 계속 덮지 않으면 드러나기 때문이다.

세상일에는 시작이 있으면 반드시 끝이 있는 법이기 때문에 거짓도 수명이 있어서 객관성이 떨어지면 퇴색할 수밖에 없다. 마치 흰 눈에 가려졌던 민둥산이 봄기운에 제 모습을 드러내는 것과 같다. 그러나 거짓이 판치는 동안에 그 칼날에 베이고 일방적으로 상처받는 사람이 더러는 치유받을 방법이 없다는 데에 문제가 있다. 또한 거짓말에 대한 도덕적인 책임이나 법적인 처벌도 행위에 비해서 너무 미약할 뿐만 아니라 지구상 어느 나라에도 거짓말을 중죄로 처벌하는 나라는 없다.

『시경』에 보면 "말의 책임은 화자가 아닌 청자에게 있다."고 한다. 말하는 사람을 탓하기 전에 잘 헤아려서 듣고 현명하게 판단하라는 역설적인 교훈이다. 오죽하면 그런 말을 『시경』에 수록해서 후세에 전하고 있을까 생각하니 허탈한 웃음이 나온다.

"베이징의 나비가 너풀거리며 날갯짓을 하면, 뉴욕에 폭풍우가 불어닥친다."는 말이 있다. 영향력과 파급효과에 대한 우화 같은 이야기지만 이것을 책임론적인 관점에서 본다면 베이징의 나비는 폭풍우의 원인을 제공했을 뿐 폭풍우에 대한 책임은 없다. 나비의 날갯짓과 거짓말의 파급효과는 별로 다르지 않으니 나비에게 죄를 물을 수 없듯이 거짓말을 한 사람에게도 그에 상응하는 죄를 물을 수 없다는 결론에 도달한다.

길을 막고 세상에서 가장 큰 범죄가 무엇이냐고 물어보면 모두가 살인죄라고 말할 것이다. 사람은 다른 사람의 목숨을 강탈할 권한이 없기 때문에 나도 그 부분에는 동의한다. 그러나 그다음으로 큰 범죄는 누가 뭐래도 나는 사기와 거짓말이라고 생각한다. 둘 다 비슷한 말 같지만 사기는 남을 속여서 타인의 재산을 강탈하는 것이고 거짓말은 없는 사실이나 말을 지어내서 타인을 모함하고 곤경에 빠트리는 것이다. 더욱이 사기와 거짓말이 심할 경우에는 사람을 파탄으로 몰아넣는 데 그치지 않고 목숨까지도 유린하기 때문에 살

아름다운 별 지구

인죄에 버금간다고 볼 수 있다.

　세상의 모든 종교는 관대함을 내세운다. 그것이 종교 본연의 역할이기도 하고 틀린 말도 아니기 때문에 한 목소리로 죄는 미워해도 사람은 미워하지 말라고 한다. 예수는 사랑이라는 이름으로 붓다는 자비라는 이름으로 중범죄자라 할지라도 용서하라고 한다. 나는 종교에서 말하는 용서에 동의하지 않는다. 왜냐하면 민주주의는 공정한 법과 공정한 선거의 토대 위에 성립되는 것인데 공정한 법치가 없다면 사회는 무질서해지고 혼란에 빠질 것이기 때문이다.

　『논어』의「헌문」편에 보면 제자가 공자에게 묻는다. "원한을 사랑으로 갚으면 어떻겠습니까?" 공자는 "그럼 사랑은 무엇으로 갚겠는가? 원한은 공평무사한 마음으로 갚고, 사랑은 사랑으로 갚아야 한다."고 말한다. 원한도 갚고 벌도 주되 행위보다 가혹하지 않게 정황을 살펴서 헤아리라는 것이다. 지셴린은 용서에 대한 정의를 이렇게 내렸다. "제대로 된 용서는 단지 참는 것이 아니다. 그래서 용서는 어른의 것이다."

　우리는 음해와 거짓말을 식은 죽 먹기처럼 쉽게 하는 세상에 살고 있다. 그럴수록 용서는 바위를 옮기듯이 무겁고 포청천이 판결을 내리듯이 신중하면서도 냉철하게 해야 한다. 또한 정황이나 처지를 충분히 살펴보되 그에 상응하는 책임은 물어야 된다.

　세상에는 두 눈을 멀쩡히 뜨고 있으면서도 세상을 반밖에 못 보는 장애인이 있다. 선천적인 장애인이 있고 후천적인 장애인이 있는데 이런 경우를 후자에 속한다고 볼 수 있다. 반밖에 보지 못하기 때문에 때로는 좌우가 안 맞아서 멀쩡한 사물을 혼자서만 이상하게 보고 삐딱하게도 본다. 그런 사람들이 주변에 보면 어디에 가나 꼭 있는 것 같다. 그들은 맑고 고요한 상태를 참지 못해서 세상의 올바른 것들을 모두 흩어놓으려고 하는 후천적인 장애를 가지고 있다.

천생연분으로 함께 자식까지 낳고 사는 부부인데도 서로 잡아먹지 못해서 안달하고 사는 사람들이 그런 사람들이다. 배려와 인내심이 부족해서 그렇기도 하지만 세상을 올바로 보지 못하기 때문에 그렇다. 사촌이 땅을 사면 배가 아프다는 속담이 있는데 사촌 사이에는 배 아픈 걸로 끝나지만 형제지간에는 부모의 재산을 놓고서는 싸움을 넘어 전쟁을 하기도 한다. 이 과정에 사기나 거짓말이 섞이게 되면 돌이킬 수 없는 관계가 되는데 이들도 세상을 제대로 보지 못하는 후천적 장애인들이기 때문에 그렇다.

김우중은 세상은 넓고 할 일은 많다고 말했고 우리가 사는 지구에는 75억 명이라는 인구가 함께 살고 있다. 그렇게 넓은 세상에서 수없이 많은 사람들과 함께 할 수 있는 일이 헤아릴 수 없이 널려 있는데 하필이면 왜 제일로 가까운 배우자나 형제를 주적으로 삼고 싸움을 하는지 이해를 할 수가 없다.

다른 가족들이나 가까운 사람들을 힘들고 혼란스럽게 하는 일련의 모습들은 자녀들에게는 보여주고 싶지 않은 뒷모습이다. 그렇지만 이것은 상대방이 있기 때문에 자기 혼자서 하고 안 하고를 결정할 수 없으니 안타까운 일이다. 그래서 나쁜 사람을 나쁘다고 하는 것은 그 죄가 절반이 될 수도 있지만 멀쩡히 선한 사람을 자신의 이익을 위해서 나쁘다고 매도하는 것은 그 죄가 매우 크기 때문에 땅에도 빌 곳이 없고 하늘에도 빌 곳이 없다고 하는 것이다.

그렇다고 사람이 언제나 해바라기처럼 웃으면서 좋은 관계만 맺고 살 수는 없다. 그러나 다툼이나 시비가 생겼다고 해도 서로 진실을 가지고 대립할 경우에는 골이 깊게 파이지 않았기 때문에 서로 용서하고 화해할 수 있는 접점이 나타난다. 그러나 한쪽에서 거짓말로 이리저리 농락을 한다면 화해는 멀어지고 용서도 물 건너가는 것이다.

아무리 거짓말에 무뎌지고 책임도 지지 않는 시대라고 하지만 그런 후천적 장애를 가진 사람이 주변에 있거든 확인되지 않은 말에 현혹되지 말고 대꾸할 것도 없이 그냥 구경꾼처럼 지켜보는 게 좋은 처사가 될 수도 있다.

시냇물 같은 사랑

지자체별로 경쟁이라도 하듯이 건폐율과 용적률을 높여주다 보니 아파트들이 높이 더 높이 키 자랑을 하면서 하늘로 승천하고 있다. 높게 올라갈수록 인구밀도는 높아져서 웬만한 아파트단지 안에는 초등학교가 들어오니 요즘 아이들은 편리하고 안전해졌다.

우리 386세대가 초등학교 다닐 때는 평균 2~4킬로미터가 되는 제법 먼 거리를 걸어서 다녔다. 물론 지금도 시골의 면 단위에는 아직도 분교가 있지만 흔하게 볼 수 있는 모습은 아니다. 그래도 시골에서는 꽃이 피고 새가 우짖고 단풍과 눈 내리는 사계절을 온몸으로 느끼며 살아왔기 때문에 감성도 풍부하고 몸도 건강했던 것 같다.

요즘 초등학교 하굣길에는 매일 행사가 있는 것처럼 도로변에 차들이 즐비해 있고 젊은 엄마들이 웅성웅성 모여든다. 집에서 살림만 하는 엄마들이 시간적 여유가 있다 보니 마중 나오듯 데리러 오기도 하지만 하교 후 학원에 데려다 주려고 오기도 하고 맞벌이하는 집의 애들은 시간을 때우기 위해서 학원차가 데리러 오기도 한다. 물론 다른 한쪽에는 친구들과 재잘거리며 여유로운 모습으로 귀가하는 아이들의 귀여운 모습도 드물지만 보인다.

부모가 자식을 사랑하고 귀하게 여기는 것은 동서고금을 막론하고 당연한 것이다. 그래서 금수도 제 새끼는 예뻐한다는 말이 있지만 사랑이 너무 지나치고 변질돼서 눈살을 찌푸리게 만드는 경우가 한두 번이 아니다. 직장의 상사를 모시듯이 때로는 집안의 조상을 모시듯이 떠받드는 모습이 그렇고 잘못이 있어도 무조건 덮어주고 감싸주는 모습이 그렇다. 『명심보감』에는 "아이를 사랑하거든 매를 많이 때려주고, 아이를 미워하거든 먹을 것을 많이 주라."는 말이 있다. 요즘은 세상이 바뀌어서 스스로 사랑의 매라고 할지라도 체벌을 하면 형사 입건 대상이 되고 처벌을 받는다고 한다.

과연 이런 획일적인 법의 잣대가 올바른 것인가에 대해서는 고개가 갸우뚱해진다. 그러나 법은 준수해야 하니 회초리는 들지 않더라도 잘못이 있으면 충분히 알아듣도록 훈계를 해야 한다. 그것이 내 아이를 귀하게 만들기도 하고 천하게 만들기도 하기 때문이다.

아이가 잘했을 때에는 사기 진작 차원에서라도 아낌없이 칭찬을 해주어야 하지만 고등교육까지 받아서 똑똑해진 요즘 부모들은 잘못한 것까지도 합리화해서 칭찬하거나 방관한다. 어쩌다 한두 번이야 그럴 수 있다고 하지만 이것이 지속되면 부모가 그러하듯이 아이도 잘잘못을 구분하지 못하는 인성을 갖게 된다. 의도하지 않게 아이의 심성에 악성 종양을 퍼트리는 것과 다르지 않은 것이다.

농부가 곡식을 재배할 때 퇴비는 주지 않고 빨리 자라는 요소나 질소 비료만 주게 된다면 처음에는 무성하게 잘 자라는 것 같지만 나중에는 너무 웃자라서 꺾이거나 설령 자란다 해도 열매가 열리지 않는다. 지나친 사랑은 비료와 같고 올바른 훈계는 퇴비와 같으니 사람도 이와 다르지 않다. 올바르지 않은 행동을 사랑으로 감싸서 키우면 제멋대로 자라나서 세상에 아무런 쓸모가 없는 존재가 되고 더 나아가서는 불필요한 골칫거리가 된다.

『주역』에는 "어린 송아지의 뿔에 곡을 대니 크게 길하다."는 말이 있다. 어린 송아지의 뿔에 횡목을 대지 않고 제멋대로 자라게 두면 의도하지 않게 뿔이 제멋대로 자라서 풀을 뜯다가도 남을 찌르고 놀다가도 남을 찔러서 여기저기서 보복을 당하고 원망을 사서 제명 대로 살지 못한다.

부모의 가장 기본적인 의무는 자녀가 성인이 되어서 세상에 나설 때 최대한 부족함 없이 당당히 걸어갈 수 있도록 만들어 주는 것이 다.

386세대라고 불리는 우리 세대에는 한 사람당 평균 네 명의 형제 자매가 있었고 다음 세대인 소위 N세대에게는 평균 두 명의 자녀 가 있었는데 지금은 한 명 남짓에 불과하다 보니 보통 나 홀로 자란 다. 2~4명이 있을 때는 음식도 나누어 먹고 관심과 사랑도 나누어 받으면서 자랐다. 그래서 양보하고 배려하는 이타주의를 자연스럽 게 배우며 자랐다. 그러나 지금은 한 사람에게 집중되다 보니 정도 를 벗어나도 한참 벗어나서 모든 게 과잉투성이다.

심지어는 아이들의 꿈마저도 부모가 정해주고 대리 만족을 하려고 하니 어처구니가 없는 현실이다. 숨겨진 잠재능력을 키워주기는커녕 전문직이나 대기업 또는 공무원에다가 일방적으로 목표를 정조준해놓는다. 모두가 한정된 직업군에 꿈을 설정했으니 나중에 그 범주에 속하지 못하는 아이들은 인생의 낙오자 취급을 받는 어처구니없는 현실을 어른들이 조장하는 것이다.

부모가 모든 것을 대신해주고 자녀는 받기만 하는 것에 익숙해지면 당연히 많은 문제가 있겠지만 특히 위기관리 능력이 떨어질 수밖에 없다. 하나에서 열까지 스스로 할 수 있도록 가르쳐야 어떤 어려움이 닥쳐도 헤치고 나가서 올바른 생활을 할 수가 있다.

『한서』에 보면 "자식에게 황금 한 상자를 물려주는 것보다 경서 한 권을 가르쳐주는 게 낫다."고 말한다. 그러니 돈이고 주식이고 아파트고 땅이고 있는 대로 물려주려는 데에만 집착하지 말고 올바른 교육을 시켜서 가치 있고 향기 나는 삶을 살 수 있도록 인도해야 한다. 그러나 언제부터인지 황금만능주의에 떠밀려서 인성교육이 사라져가고 공동체 의식도 사라져가고 있다. 이미 처절한 경쟁을 경험해본 부모는 좋은 대학교 가는 데 필요한 영어 수학 말고는 눈도 돌리고 싶지 않고 아예 관심조차도 없다.

아리스토텔레스는 "인간은 사회적 동물이다."라고 정의한 바 있다. 바꿔 말하자면 나 홀로는 존재할 수 없는 동물이니 사회로 나가기 전에 사회질서나 공중도덕을 비롯하여 함께 사는 데 필요한 최소한의 소양들을 가르치고 인지시켜주어야 한다는 것이다. 그리고 지

223

금 자녀들에게 쏟아붓고 있는 관심과 사랑이 과연 자녀를 위한 것인지 아니면 부모 자신을 위한 것인지 가슴에 손을 얹고 생각해보아야 한다.

잘사는 동네

사람 사는 곳이 다 거기서 거기인 것 같지만 사실은 많이 다르다. 크게는 도시와 시골의 차이가 당연히 있으며 더 나아가서는 같은 도시라 해도 대도시와 소도시로 구분할 수 있고 시골 또한 농촌과 어촌으로 구분할 수 있다.

그에 따른 소득의 차이가 있고 의료나 교육 등 공적인 인프라는 물론 문화생활이나 일상생활의 모든 측면에서 차이가 있으니 그것은 삶의 질에도 큰 영향을 미친다.

그러나 같은 도시나 같은 시골이라고 해도 또 다른 것이 있는데 바로 인심이 그렇다. 사람들의 연령분포도나 생활수준 그리고 직업이 비슷한데도 지역이나 동네에 따라서 인심의 차이는 매우 크다. 한 방울 한 방울의 물이 모여 내를 이루고 강을 이룬 다음에 깊고 넓은 심해를 완성하듯이 인심도 한 사람 한 사람의 심성이 풍겨 나오고 그것이 합쳐져서 나타나는 도덕점수라고 생각한다.

예를 들어 어떤 동네에 남의 것을 훔치기를 좋아하는 사람이 섞여 있다면 사람들은 문단속을 할 것이고 서로 왕래하기를 꺼려하면서 인심은 흉흉해질 것이다. 반면에 생일밥도 나눠먹고 김장김치도 함께 하면서 더불어 사는 동네가 있다면 당연히 왕래가 잦아지고 인심도 좋아질 것이다. 그래서 공자는 "마음씨 좋은 사람들이 모여 사는 마을이라야 살기가 좋다. 인심 좋은 마을을 골라서 살지 않는다면 어떻게 지혜로운 사람이라 하겠는가."라고 말했다.

지금까지 살아온 경험에 비추어보면 인심 좋은 동네는 시골이든 아파트단지든 간에 일단 집 밖으로 사람들이 많이 나온다. 어떤 시설이 좋은 것도 아니고 무슨 특별한 일이나 꺼리가 있는 것도 아니지만 정자나무 밑에도 경로당에도 놀이터에도 늘 사람들이 머무른다. 이런 곳에서 역사가 만들어지는 것은 아니지만 서로간의 소소한 일상을 주고받으면서 그윽한 삶의 정취가 묻어나고 피어나는 것이다.

우리가 흔히 경제 사이클을 이야기할 때 선순환 악순환을 많이 들먹이는데 삶에서도 다르지 않은 것 같다. 인심 좋은 마을에는 반드시 선순환이 있고 인심이 나쁜 마을에는 반드시 악순환이 있다. 우리는 이사를 할 때 전망이 좋고 공기가 맑은지를 고려하고 전철역이 가까운지 학군이 좋은지를 선택의 우선순위로 볼 게 아니라 동네 인심이 어떤지를 우선순위로 고려해보아야 한다. 인심 좋은 동네라면 집값을 더 주고 가더라도 남는 장사를 할 것이 분명하다.

스스로 행복할 수 있을지의 여부는 내 안에 있고 내 집안에 있겠지만 주변에도 행복해질 만한 최소한의 여건들이 조성되어 있는지를 살펴보아야 한다. 그래야만 내 삶의 최소한의 영역에서 방해받지 않고 이웃과 함께 더불어서 가치 있고 향기 나는 삶을 살 수가 있다.

잘 산다는 것을 돈이 많아서 풍족하게 사는 것으로 생각할지 모르겠지만 나는 그렇게 생각하지 않는다. 인간생활의 기본 요소인 의식주만 해결된다면 많은 사람들과 사이좋고 원만한 관계로 사는 것이 가장 잘 사는 방법이라고 생각한다.

인간을 가장 아름답고 인간답게 만들어주는 요소가 있다면 나는 주저하지 않고 다음의 세 가지를 말할 수 있다. 첫째, 언제 어디서나 남녀노소를 막론하고 겸손한 마음과 태도를 견지하는 것이다. 예를 들자면 나는 아직까지도 부족한 게 많고 알지 못하는 것이 많다는 생각으로 남들을 대하는 것이다. 그러한 태도로 세상에 임한다면 제갈량이나 사마의에도 견줄 수 있을 것이다.

둘째, 아주 작고 사소한 것에도 감사하는 것이다. 이를테면 오늘 점심에 따끈한 칼국수 한 그릇을 먹은 것에 대하여 식당 주인에게 감사하고 농부에게도 감사한 마음을 갖는 것이며 오늘 아침에도 밤새 죽지 않고 일어나서 맑은 공기를 마시는 것에도 감사하는 마음을 갖는 것이다. 그러면 어제까지는 불평불만이 가득했던 일들도 오늘은 좀 더 가벼이 넘길 수 있을 것이며 나아가 무병장수를 누려서 소위 100세 시대도 몸소 경험해볼 수 있을 것이다.

셋째, 자신이 신세를 진 적이 있는 사람은 물론이고 생면부지로 모르는 사람일지라도 나보다 못하거나 자신의 도움을 필요로 하는 사람이 있다면 주저하지 말고 나누고 도와주는 것이다. 그러면 결국에는 남을 도와준 것이 아니라 자신을 스스로 돕고 보살폈다는 것을 깨닫게 될 것이다.

　이상의 세 가지는 어찌 보면 쉽고 단순해서 혹자는 우습게 볼지도 모르겠지만 수학 시간에 방정식이나 미분 적분 푸는 것보다도 더 어려울 수도 있다. 다만 세상의 어떤 일도 사람이 할 수 없는 일은 없다는 사실만 말하고 싶다. 세상의 모든 것들을 다 갖추고 사는 마을은 지구상에는 예전에도 없었지만 현재도 없으며 앞으로도 없을 것이다.

　다만 평범한 생활 속에서도 사람 냄새 풍기면서 겸손할 줄 알고 매사에 감사할 줄 알고 살며 혹은 그런 삶을 흉내라도 내보려고 노력하는 사람들이 살고 있다면 바로 그곳이 공자가 말하는 마음씨 좋은 마을이고 우리가 말하는 잘 살고 행복한 마을이라고 생각한다.

기업의 의무

우리나라는 육지라고 볼 수도 없고 그렇다고 섬이라고는 아예 말할 수도 없는 지정학적인 여건으로 크고 작은 외세의 침략에 무수히도 시달려왔다. 그러나 그보다 더 불행한 것은 6·25라는 동족상잔의 끔찍한 비극을 겪었다는 것이다.

그럼에도 불구하고 현재는 황폐해진 폐허 속을 헤치고 나와서 세계 10위권의 경제대국이 되어 있다. 그 바탕에는 굶주린 배를 움켜쥐고 잘살아보자며 근면 성실했던 국민들이 있었고 그들에게 신념을 심어준 독재권력과 기업인들의 도전정신이 있었다.

당시의 창업 1세대 기업인들은 독재정권의 비호 아래 각종 불법과 편법을 자행하면서 부를 축적했다는 비난을 받지만 대한민국의 경제를 부흥시키는 데 견인차 역할을 했다는 사실 또한 인정하지 않을 수 없다. 모두가 역사의 뒤안길로 사라졌지만 그들이 이룩한 기업의 가치는 흐르는 물처럼 그대로 계승되고 있다. 그렇지만 기업의 소유와 그에 따르는 수혜는 기업인들의 2~4세들에게만 상속되고 있는데 그것은 엄연히 국가와 국민이 함께 만들어준 것이지 몇몇 개인들의 것이 아니다. 그런데 그 유산은 그들의 자녀들이 받았고 그들이 누리는 부와 명예와 권력은 자본주의라는 보호막 아래서 실로 막강한 힘을 발휘하고 있다.

국민이 선택한 대통령도 5년이면 임기가 끝나고 야인으로 돌아가는데 그들은 생명이 허락하는 날까지 그들만의 그룹이라는 왕국에서 왕 노릇을 한다. 그들 중의 일부는 지금도 국가경제에 이바지하기도 하지만 대부분은 기업가 정신도 부족하고 기업 윤리도 모르는 채 좀비 노릇만을 떳떳이 자행하고 있다. 기업을 경영해서 부를 창출하는 것이 아니라 오로지 돈을 벌기 위해서 장사를 하는 장사꾼들이다.

그룹이라는 큰 성을 쌓아놓고 성 밖에 있는 크고 작은 모든 것들을 합법이라는 가면을 쓰고 도적질하듯이 성 안으로 들여간다. 중소기업이나 벤처기업들이 수년 동안 쌓아온 결과물이나 노하우를 합법이라는 탈을 쓰고 강탈해 가기도 하고 편의점 같은 체인화 사업으로 가족들의 생계를 책임지던 동네 구멍가게들을 몰아내기도 했다. 큰 식당은 물론이고 골목에서 밥장사하는 서민들의 생계수단까지도 문어발식 분점이라는 갈퀴로 유린하여 서민경제의 마지막 기반마저 무너트리고 있다.

고등어나 갈치가 먹고 살아야 하는 새우나 멸치를 상어나 고래가 잡아먹고 까치나 까마귀가 먹고 살아야 할 지렁이나 벌레를 독수리가 쪼아먹는 양상이며 고양이나 오소리가 먹어야 할 들쥐나 개구리를 호랑이가 잡아먹고 있는 기이한 상황이 벌어지고 있는 것이다. 결국 생태계가 교란되는 것과 다르지 않은 것이다.

생태계가 교란된다는 것은 마치 큰 빌딩의 한 부분이 파괴되면 빌딩 전체가 무너지는 것과 같다. 막대한 자본과 우수한 인력들이 넘쳐나는 재벌그룹들이 무엇이 아쉽고 부족해서 어리석게도 자신들의 존립 기반을 무너트리고 있는지 안타까운 생각이 든다. 사회의 모든 구성원들이 각자 자신에게 주어진 역할을 충실하게 다할 때 한 나라는 건강하게 유지되며 기업도 안정된 발전을 지속할 수가 있다는 것을 그들은 정녕 몰라서 그러는 것인지 묻고 싶다.

곧아야 하는 것이 굽어 있으면 올바로 펴줘야 하듯이 비정상적인 사회구조를 정상적인 사회로 만들어야 하는 책임과 권한은 정치인들에게 있으며 정치인들의 잘못을 바로잡을 의무는 선거권을 가진 국민들에게 있다.

지금 우리나라의 정치인들은 재벌기업들의 횡포에 너무도 소극적으로 대응하고 있는 것 같다. 좀 더 솔직히 말하지면 이해관계에 얽혀서 알면서도 모르는 척하고 있는 것 같다. 우리나라의 정치인들은 선진국들의 모범적인 사례를 본받아서라도 문어발식 계열사 확장을 자제시키고 막아줘야 한다.

몇 년 전 이스라엘에서는 현재의 우리나라처럼 재벌들이 계열사를 확장하여 국가경제를 장악하는 지경에 이르렀다. 그러자 이스라엘 국민의 10%가 궐기해서 텐트를 치고 노숙을 하면서 대규모 반대시위를 했다. 우리나라의 촛불시위도 대단한 규모라고 하지만 이스라엘 국민들이 재벌들을 규탄했던 목소리는 비교도 안 될 정도였다. 결국 2013년 이스라엘 의회는 재벌들의 1~4단계 피라미드식 계열사 확장을 1~2단계까지만 허용하는 법안을 만장일치로 통과시켰다.

단적인 사례지만 그 결과 이동통신 요금의 경우에는 90%까지 내려갔다. 그러나 우리나라의 경우에는 겨우 10% 정도 인하하려는 법안조차도 현재 국회에 계류되어 있는 실정이다. 이동통신 요금의 대폭적인 인하는 일부 사례이지만 이스라엘 경제의 주체가 재벌에서 국민 전체로 바뀌었다는 데 큰 의미가 있는 것이다.

바로 그런 대단한 변화를 국가와 정치인들이 국민을 위해서 해야할 일이지 입만 하나 달랑 들고 다니면서 말만 번지르르하게 하는 것은 정치가 아니다.

작고 보잘것없는 소수를 위해서라도 국민의 편에서 국민의 권리와 이익을 대변해나갈 때 모두가 살기 좋은 나라가 된다. 그리고 재벌들은 이윤을 추구함으로써 부를 창출할 게 아니라 정의를 추구하는 속에서 부를 창출해야 하는 것이다.

지금이라도 재벌 2~4세들이 존경받는 기업인이 되고 싶다면 이 세상이 필요로 하지만 이 세상에는 없는 것들을 만들어내고 막강한 자본과 우수한 인력을 무기 삼아서 전 세계 구석구석으로 진출해서 국부를 창출하는 기업인이 되어야 할 것이다.

아름다운 별 지구

근대 인류는 증기기관으로 인한 기계화를 출발점으로 하여 전기를 생산하여 사용하기 시작하였으며 컴퓨터를 사용하면서 모든 과학이 빠른 속도로 발달하면서 천문학도 비약적으로 진일보했다. 그러나 우주에는 아직도 밝혀내지 못한 비밀이 너무도 많고 하늘의 별이 몇 개인지는 아직도 세고 있는 중이라고 하니 지구에 사는 사람들이 모두 덤벼들어서 헤아려도 왠지 다 못 셀 것 같다.

그렇게 헤아릴 수 없이 많은 별 중의 하나가 지구이며 현재까지 파악된 바로는 유일무이하게 초록 식물들이 자라고 수많은 생명들이 함께 공존하는 별이다.

살아 있는 지구는 아름답고 신비스러우며 수많은 생명체들을 마치 어머니처럼 잉태하고 낳아서 먹여주고 길러주기까지 한다. 그렇게 아름다운 지구에서 수많은 생명체 중의 하나인 인간도 끊임없이 세대를 이어오면서 존재해왔고 앞으로도 그럴 것이다. 미국의 나사를 비롯해서 내노라 하는 천문학자들과 천체물리학자들이 40만 년 후에는 은하계가 서로 충돌하여 지구도 소멸할 것이라고 추측하는 최소한의 그날까지는 그럴 것 같다.

인간은 만물의 영장이라고 부르기에 걸맞게 인종에 관계없이 그 자체로 완벽에 가깝기 때문에 인간은 지구가 낳고 기른 모든 생명체들 중에서 가장 자랑스러운 존재라는 착각마저도 든다. 그래서 인간이 지구의 모든 자원을 지배하며 꺼내 쓰고 훼손해가면서 사용하고 있는 것을 우주가 허용하고 있는지도 모르겠다. 그렇게 인간은 최상위의 포식자답게 지금 현재에는 최고의 풍요로움을 구가하고 있다.

단점이 있다면 인간은 만족을 모르고 산다는 것이다. 만약 외계인이 와서 본다면 인간은 언제나 넘치고 풍족한데도 늘 부족하다고 푸념하고 산다며 비난할 것이다. 왜 그럴까 생각해보면 인간의 DNA 속에는 끝없는 욕망이 존재하고 있어서 부귀영화를 갈구하고 있다는 가설 이외에는 달리 설명할 길이 없다.

탐욕은 남보다 더 많은 것을 소유해야 하고 그것으로 남들을 지배하며 스스로의 존재를 빛내고 인정받고 싶어 한다. 작게는 비교우위에서 생기는 상대적인 강박관념일 수도 있지만 한도 끝도 없이 움켜쥐려고만 하다가 결국은 모든 것을 잃어버리고 만다는 진리는 지나온 역사가 증명해주고 있다. 또한 한 발 물러설 줄 몰라서 목숨까지 잃어버린 사례도 어렵지 않게 찾아볼 수 있다.

갖고 싶은 것이 있는데 자기 마음대로 되지도 않고 합법적으로는 되지 않아서 불법으로 갖게 되니 문제가 생긴다. 또한 하고 싶은 것이 있는데 자기 뜻대로 되지 않는 것을 강제로 하다 보니까 철퇴를 맞는 것이다. 그래서 해야 할 일과 하지 말아야 할 일을 분간하지 못해서 실패하거나 낭패를 겪는 사례는 무수히 많다. 그것이 바로 스스로 만물의 영장이라고 목에 힘을 주고 살아가는 인간의 현주소이다.

『상서』에 "하늘이 만든 재앙은 피할 수 있지만, 스스로 만든 재앙은 피할 수 없다."고 했다. 모두 인류 스스로가 만든 것이니 어디에 호소할 곳도 없지만 호소해도 들어줄 곳이 없는 것이다. 마치 연못에 있는 잉어가 자기의 분수를 모르고 못을 뛰쳐나오면 죽는 것과 같다. 자신의 분수를 모르고 능력을 과대평가하면 스스로 화를 부르고 결국에는 우물 속으로 자신을 내던지는 것과 다를 바가 없기 때문이다.

우리는 지구가 내어주는 소중한 자원을 과소비해서도 안 되지만 과소비를 넘어 후손들의 몫까지 차용해서 쓰다 보니 지구가 몸살을 앓고 있다. 그러다 보니 때로는 지구가 이산화탄소를 너무 많이 마셔서 심하게 재채기를 하기도 한다.

지진과 쓰나미로 수십만 명의 목숨을 앗아가는 게 그렇고 지구의 한쪽에서는 가뭄으로 신음을 하는데 그 반대편에서는 국지성 폭우로 수많은 목숨을 앗아가는 경우가 그렇다. 그렇게 지구는 온난화가 심해지면서 사막화되어가고 미세먼지가 날아다니며 오존층이 얇아지고 있다. 그런데도 인간은 낳고 길러주며 한없이 내어주기만

235

하는 어머니 같은 지구가 주는 경고를 무시하고 있다.

인간의 탐욕이 시키는 대로 지구를 마구 훼손하여 몸살을 앓게 해서는 안 된다. 그렇지 않으면 자정 능력을 가진 지구는 재채기가 아니라 큰 기침을 하면서 몸부림을 칠 수도 있다. 그렇게 되면 이제까지 우리가 자연재해라고 하는 수준을 넘어서 경험해보지 못했던 대재앙이 올 수도 있다.

일찍이 마하트마 간디는 "우리의 미래는 현재 우리가 무엇을 어떻게 하는가에 달려 있다"고 했다. 늦었지만 이제라도 인류가 누리는 풍족함을 인정하고 땅속에서 덜 꺼내서 알맞게 쓰고 덜 훼손하고 덜 버리면서 우리들의 어머니가 온전히 숨 쉬고 살 수 있도록 해줘야 우리도 그 품안에서 안전하게 살아갈 수 있다.

그것은 누구는 하고 누구는 안 해도 되는 선택사항이 아니라 우리 모두의 의무인 것이다. 아니 좀 더 솔직하게 표현하면 서로 앞다투어 해도 지나치지 않은 일이다. 물고기가 물속에 있어야 살 수 있듯이 인간은 무엇을 바탕으로 살아가는지를 하루빨리 자각하고 개선해야 한다.

우리 모두는 끝이 보이지 않는 광활한 우주 중에서도 가장 아름다운 별에서 축복받은 인간으로 나왔으니 현명하게 살면서 가치 있는 즐거움을 누릴 자격이 있다. 천문학자들의 연구결과에 따르면 망원경으로 우주를 보았을 때 관측 가능 거리는 150억 광년이며 우주의 나이는 150억 년이라고 한다.

결국 우리가 인생 100세 시대를 살게 됐다고 자화자찬을 하면서 길게 여기는 세월도 우주의 시간으로 보면 단 몇 분 몇 초밖에 안

아름다운 별 지구

되는 시간이다. 그러니까 그렇게 짧은 시간 동안 잠시 머무르면서 꼭 필요한 것은 무엇이며 불필요하게 짐이 되는 것은 무엇인지 생각해볼 필요가 있다.

삶에서도 버려야 할 때는 과감하게 버리고 포기해야 할 때 깔끔하게 포기하는 것이

당장은 손해를 보는 것 같지만 시간이 흐른 뒤에 보면

그 손실이 주는 결실은 매우 값지고 크다는 것을 알 수 있다.

그래서 전쟁터에서처럼 버리고 포기하는 데에도 큰 용기가 필요한 것이다.

– 「버리는 데는 용기가 필요하다」 중에서

버릴 줄 아는 용기

초판 1쇄 인쇄 · 2019년 10월 24일
초판 1쇄 발행 · 2019년 10월 29일

지은이 · 한덕수
펴낸이 · 한봉숙
펴낸곳 · 푸른사상사

주간 · 맹문재 | 편집 · 지순이 | 교정 · 김수란
등록 · 1999년 7월 8일 제2-2876호
주소 · 경기도 파주시 회동길 337-16 푸른사상사
대표전화 · 031) 955-9111(2) | 팩시밀리 · 031) 955-9114
이메일 · prun21c@hanmail.net
홈페이지 · http://www.prun21c.com

ISBN 979-11-308-1467-4   03810
값 15,500원

이 도서의 국립중앙도서관 출판예정도서목록(CIP)은
서지정보유통지원시스템 홈페이지(http://seoji.nl.go.kr)와
국가자료종합목록 구축시스템(http://kolis-net.nl.go.kr)에서
이용하실 수 있습니다. (CIP제어번호 : CIP2019039860)